# 大戰紅孩兒・真假美猴王 ③

# 萌漫大話西遊記

**繪時光** 編繪

Graphic Times 43

大戰紅孩兒・真假美猴王
3
萌漫大話西遊記

著 繪 者　繪時光

**野人文化股份有限公司**
社　　長　張瑩瑩
總 編 輯　蔡麗真
副 主 編　徐子涵
責任編輯　陳瑞瑤
專業校對　魏秋綢
行銷經理　林麗紅
行銷企畫　蔡逸萱、李映柔
封面設計　周家瑤
內頁排版　洪素貞

出　　版　野人文化股份有限公司
發　　行　遠足文化事業股份有限公司 ( 讀書共和國出版集團 )
　　　　　地址：231 新北市新店區民權路 108-2 號 9 樓
　　　　　電話：（02）2218-1417　傳真：（02）8667-1065
　　　　　電子信箱：service@bookrep.com.tw
　　　　　網址：www.bookrep.com.tw
　　　　　郵撥帳號：19504465 遠足文化事業股份有限公司
　　　　　客服專線：0800-221-029
法律顧問　華洋法律事務所　蘇文生律師
印　　製　凱林彩印股份有限公司
初版首刷　2023 年 03 月
初版 3 刷　2023 年 06 月

國家圖書館出版品預行編目（CIP）資料

萌漫大話西遊記 . 3, 大戰紅孩兒 . 真假美猴
王 / 繪時光著 . 繪 . -- 初版 . -- 新北市 : 野人
文化股份有限公司出版 : 遠足文化事業股
份有限公司發行 , 2023.03
　面；　公分 . -- (Graphic times ; 43)
ISBN 978-986-384-834-9( 平裝 )

1.CST: 西遊記 2.CST: 漫畫

857.47　　　　　　　　　　111021742

本書原簡體中文版書名為《萌趣西遊記（全 10
冊）》，由四川天地出版社有限公司出版。
中文繁體字版通過成都天鳶文化傳播有限公
司代理，經四川天地出版社有限公司授予野
人文化股份有限公司獨家出版發行，非經書
面同意，不得以任何形式，任意重製轉載。

萌漫大話西遊記 (3)

線上讀者回函專用
QR CODE，你的寶
貴意見，將是我們
進步的最大動力。

野人文化
官方網頁　　野人文化
　　　　　　讀者回函

# 第 1 章

# 大戰紅孩兒

# ༄ 聖嬰大王 ༄

唐僧師徒離開烏雞國後，這天他們來到一處高聳入雲的山的山腳下。山谷裡突然升起一朵紅雲，直入雲端，中間還有一團火氣。唐僧師徒戒備地停下了西行的腳步。

小心妖怪！

猴哥，我們到火焰山了嗎？

早著呢！地理白痴真可怕。

又有妖怪要吃我了？

阿彌陀佛——

話分兩頭，那紅雲裡還真的藏著一個等了唐僧很久的妖怪：六百里鑽頭號山枯松澗⅄火雲洞的聖嬰大王——紅孩兒。他聽說吃了唐僧的肉能與天齊壽，就在這裡打了埋伏。

哈哈哈，我的唐僧肉總算到貨了！

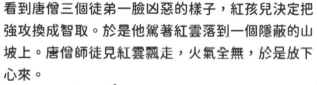

您的目標距離您還有10公里。

看到唐僧三個徒弟一臉凶惡的樣子，紅孩兒決定把強攻換成智取。於是他駕著紅雲落到一個隱蔽的山坡上。唐僧師徒見紅雲飄走，火氣全無，於是放下心來。

哼，明明是妖怪被我嚇走了。

大師兄威武！

悟空威武！

唉，我就說哪有什麼妖怪，成天大驚小怪。

師徒幾個重新行路，走了大約半里遠，就聽到孩童的
呼救聲。悟空略施法術，讓唐僧幾人聽不到紅孩兒的
呼救聲。

救命啊！
救命啊！

徒弟呀，好像有個
落難之人在呼救？

師父您
聽錯了！

哼哼，你這個小妖
怪，盡情地斯吼吧，
就算喊破喉嚨也不
會有人上當的！

噫？怎麼又聽不到了，
難道是為師幻聽？

嗚─

紅孩兒見一計不成，又生一計，跑到前面
的一條岔路上，看見唐僧師徒走來，坐在
地上哭了起來。可這次他還是沒有成功。

救命啊！
救命啊！

悟空，你看果然有
一個孩子在哭泣。

師父，您一會兒幻
視，一會兒幻聽，
歲數大了吧！

呵呵！

紅孩兒有些不耐煩了，便施法把自己變成一個普通的七歲孩童，吊掛在離唐僧不遠的一棵松樹上。這下唐僧可不顧悟空的勸阻，非要救人了。

長老，我父母被強盜殺了，我在這吊了三天三夜。長老可憐可憐我，救救我吧！

太可憐了，我好心痛。

妖怪，請開始你的表演。

紅孩兒知道悟空不好對付，於是更加悲切地哀求唐僧，還許下親戚家的重金酬謝。紅孩兒終於被八戒從樹上救了下來，接著就哭得可憐巴巴地暗示要悟空背他。

師父，我不會騎馬，還害怕這豬臉長老和晦氣臉長老。

哼！

嘿嘿，小孩，我來背你。

剛開始，紅孩兒還假裝乖巧，很快，他就使出千斤墜的法術要把悟空壓死。

嘿嘿，知道我的厲害了吧。

這小妖到底吃了什麼？這麼重。

悟空本就在氣頭上，乾脆趁紅孩兒不注意把他摔了出去。紅孩兒的真身便趁機跳到了半空中。

紅孩兒在半空召喚狂風沙暴，只聽「呼啦」一聲響，天地間立刻飛沙走石。

三個徒弟好不容易等到旋風過去，卻發現唐僧和紅孩
兒一起消失了。悟空尋坡轉澗，到處尋找唐僧。

眼看找不到師父，悟空又急又氣，他變成三頭六臂，
手拿三根金箍ㄍㄨ棒，劈里啪啦在地上亂打一氣。

這下子把山神和土地公全都給打了出來。於是悟空開始盤問他們紅孩兒的來歷。

火雲洞聖嬰大王——紅孩兒

必殺技：三昧真火

紅孩兒

牛魔王和鐵扇公主之子

武器：火尖槍、五行車

大聖請看！

火雲洞土地公

小老兒，這小妖到底是什麼來頭？

這妖怪神通廣大，攪得滿山不寧，整日欺負我等小神。

一聽說妖怪是結義兄弟牛魔王的兒子，悟空反而樂了。他自認為這事好辦，於是帶著兩個師弟大搖大擺地來到了火雲洞洞口找紅孩兒。

就是。

這真是大水沖了龍王廟，一家人不認一家人。

火雲洞

常言道：「三年不上門，當親也不親。」你跟牛魔王闊別五百多年，也沒有禮尚往來，他家孩子憑什麼認你？

# 火攻計

孫悟空一行來到了紅孩兒的洞門前，片刻之間小妖們就推著金、木、水、火、土五輛推車按次序排列好。紅孩兒自己拿著火尖槍，穿著一條錦繡戰裙就跑出來迎敵。悟空想和他攀親，誰知紅孩兒不吃這套，還舉槍就刺。

雙方話不投機，立刻打成一團。紅孩兒雖然是個小孩模樣，但他修行了三百年，槍法出神入化。

八戒忍不住上前助戰。悟空有了八戒的幫助，輕鬆很多，他掄起金箍棒，打向紅孩兒的屁股。

紅孩兒招架不住悟空和八戒的合力攻打，不得不敗下
陣來。他站到一輛小車上，握緊拳頭往自己鼻子上捶
了兩拳，然後「噗」的一聲，從嘴裡噴出一股烈火來。
那五輛車子也一起湧出火光。

原來這是紅孩兒修煉而成的三昧真火，人間凡火不能與之相比。八戒一見到火就扔下悟空逃走了。悟空見周圍煙火彌漫，看不清路，也只能抽身跳出。

紅孩兒見趕走了敵人，才收了火具，率領小妖們回火雲洞喝酒去了。

# ⚡ 搬請救兵 ⚡

悟空跳過枯松澗，找到沙僧和八戒。八戒笑悟空熱臉貼了冷屁股。他們商量怎麼才能對付紅孩兒的三昧真火，沙僧出了個好主意。

不是老豬我說你，平常好面子也就罷了，這救師父的大事兒，你也敢吹牛！

……

這時候就別埋怨了，你們身上這烤肉味都快給我弄餓了。

破不了三昧真火，說什麼都沒有用。

他有火，咱們用水啊，水克火！

悟空一聽有道理，於是趕到東海去借水。一聽說齊天大聖來了，東海龍王趕緊前來迎接。

大聖來了，快快有請。

當悟空提出要借雨水來滅火後，老龍王卻面露難色。
原來下雨所需要的風、雲、雷、電，需要經過玉帝同
意才能使用。

四海龍王帶著蝦兵蟹將跟著悟空浩浩蕩蕩地來到火雲
洞。紅孩兒殺出洞來與悟空、八戒和沙僧打了二十多
個回合，然後他再次放出三昧真火。龍王們一看該自
己出場了，趕緊放出傾盆大雨來。

不料這三昧眞火實在邪門，一般的水根本澆不滅，而且越燒越旺，跟潑了油似的。悟空是在太上老君的煉丹爐裡待過的，本身並不怕火，但是怕煙熏眼睛。紅孩兒又噴出一口煙，悟空抵擋不住，只能敗下陣來，摔到山澗中去了。

龍王的小水槍不管用了。

猴子，那龍王的雨只能滅凡間的火，豈是三昧真火的對手！

火雲洞

四海龍王趕緊招呼八戒和沙僧尋找悟空。等他倆好不容易從澗裡撈出了大師兄，悟空已經渾身冰冷昏過去了。八戒扶起悟空的頭，讓沙僧扯著腿，使了個「按摩禪法」，悟空很快氣透三關，醒了過來。

呸！呸呸！

我就說猴哥沒事吧！

我就說猴哥沒事吧！

呱！

悟空醒來後渾身無力，駕不了筋斗雲。於是八戒自告奮勇要去南海請觀音菩薩來降妖。

再說紅孩兒，雖然他打了勝仗，但始終讓小妖們留意著悟空他們的行蹤。當聽說八戒向南去了，他便急急忙忙溜出了山洞。

# ᝨ 真假觀音 ᝨ

紅孩兒久居此處，熟悉路徑，很快他就抄近路超過豬八戒。紅孩兒變成觀音菩薩的模樣，坐在壁岩上專門等著那呆子自投羅網。

八戒沒有悟空的火眼金睛，哪裡能分辨真假？他見到「菩薩」趕緊過來參拜，細說一番前前後後，請「菩薩」去幫助降妖。

八戒跟著假觀音來到火雲洞，假觀音讓八戒進洞喊紅孩兒。不料八戒剛進去就被埋伏的小妖們按住，裝進了袋子。紅孩兒現出了本相，八戒一看，立即破口大罵。

悟空和沙僧等了許久也不見八戒回來，難免有些擔心。悟空懷疑八戒遇上了妖精，趕緊跑到火雲洞，變成了一隻蒼蠅跟著小妖進了洞。

# ❀ 以牙還牙 ❀

悟空一聽紅孩兒要請牛魔王，趕緊飛了出去，在離火
雲洞十幾里的地方搖身一變，變成了牛魔王的模樣。
他又拔下幾根毫毛變成隨身的小妖，假裝在樹林裡打
獵。紅孩兒的手下沒有辨別真假的能力，把悟空當成
了真的牛魔王，歡歡喜喜地把他請回了火雲洞。

紅孩兒一聽說牛魔王這麼快就請來了，感到有點兒奇
怪，但還是擺開隊伍出來拜見。

悟空並沒有著急去救唐僧，反倒是裝模作樣地坐在主
位上，受了紅孩兒的大禮，聽他說抓住唐僧的經過。

我的兒，唐僧可吃不得！

為什麼吃不得？

唐僧的大徒弟孫悟空，是你爹我的結拜兄弟，
你的叔叔！怎麼能吃自己叔叔的師父呢！

爹爹我覺得這孫悟空沒什麼能耐！

孩子你最近有些得意忘形啊！偉大的花果山水
簾洞齊天大聖孫悟空，你都敢不放在眼裡了！

爹！你今天怎麼了？怎麼老是
長他人志氣，滅自家威風！

為啥被抓的
總是我？

紅孩兒心裡不禁產生了懷疑。他不動聲色地叫來小妖
詳細詢問，一聽說牛魔王是半道請來的，他更覺得反
常，便想試探一下。

父王，你還記得
我的生辰嗎？

啊，父王老了，最近
記性不太好，等我回
家問問你母親。

呸！我父王把我的生辰八字
記得滾瓜爛熟，怎麼會突然
忘了？！你肯定是冒牌貨！

紅孩兒提著槍就照悟空臉上揮去，悟空拿金箍棒一
擋，乾脆露出了本來面目。他這次占了口頭便宜，心
裡美滋滋的，化作一道金光飛了出去，接著駕起筋斗
雲去南海請觀音菩薩。

臭猴子，別跑，我
還沒放火燒你呢！

造反啦！這臭孩子
打自己親爹呢！

# 收服紅孩兒

悟空見到觀音菩薩後，就把事情的來龍去脈說了一遍。菩薩聽說悟空的毛都被燒焦了，不禁笑出了聲；但聽說紅孩兒竟敢變作自己的樣子，又難免有些生氣。

菩薩，那紅孩兒變成你的模樣招搖撞騙呢！

豈有此理，待我去收拾了他！

觀音菩薩讓惠岸行者上天找托塔李天王借三十六把天罡*刀來用，過了不到一個時辰，天罡刀就被取來。觀音菩薩念動咒語，三十六把天罡刀變成了蓮葉台。觀音菩薩和悟空來到火雲洞附近，菩薩命令土地公、山神協助自己把方圓三百里的生靈都移走，隨後又倒出淨瓶中的水淹了號山，讓紅孩兒無法使出三昧真火。

看我的吧……

菩薩也這般小氣，捨不得乘坐自己的五色寶蓮台，還要問人借。

接著菩薩用楊柳枝沾著甘露在悟空的左手掌心裡寫下
一個「迷」字。悟空熟練地砸開洞門，紅孩兒率領著一
群小妖衝了出來。悟空假裝敗走，並將左手一擺，紅
孩兒就著了迷亂，沒頭沒腦地追了出來。

臭猴子，打不過就跑，
跑完繼續回來挨打，難
道你有受虐傾向？

我的兒，爹爹跑，
也是怕下手沒個輕
重，再打傷了你。

來啊！

孫悟空將身子一晃，藏到了觀音菩薩的神光影中。紅
孩兒看不到悟空，就厲聲責問菩薩。見菩薩不理自
己，紅孩兒發怒了，舉槍就刺。

哼！你就是猴子
請來的救兵嗎？

菩薩立刻化作一道金光飛走，只留下個蓮葉台。紅孩兒見那蓮葉台不錯，便跳上去，也學著菩薩的樣子盤起腿來打坐。

菩薩怎麼這等膽小，蓮台都給了妖怪？

這猴子請了個什麼救兵？還沒動手就丟盔棄甲了！

天機不可洩露。

觀音菩薩在空中把楊柳枝往下一指，喊了一聲：「退！」那蓮葉台裡立刻冒出三十六把刀尖衝上的天罡刀刺向紅孩兒，把他定在那裡。紅孩兒疼得大叫。

哎喲！您！您真是菩薩，我有眼無珠，求菩薩饒了我吧。

退！

你願意受戒皈依我法門嗎？

願意願意，求菩薩收了法力吧。

觀音菩薩上前為紅孩兒摩頂受戒。悟空看到紅孩兒的頭髮被編成了三個小髮髻，笑得直打滾。

以後你就是我座下的善財童子了。

哈哈哈！這小髮髻真可愛！

多謝菩薩！

菩薩剛把蓮座收了，紅孩兒的野性又起。他跳了起來，舉著槍朝菩薩刺過去。說時遲那時快，菩薩揮了一下衣袖，拋出一個金箍兒奔著紅孩兒飛去。那金箍兒在空中變作五個小箍兒，紅孩兒根本躲避不了。

還不服？看圈！

啊！

我只是想做個自由自在的妖怪！

五個小金箍兒把紅孩兒的四肢和腦袋套得結結實實。
觀音菩薩念起《金箍咒》，紅孩兒疼得滿地打滾。

原來如來佛祖給了觀音菩薩金箍兒、緊箍兒和禁箍
兒。觀音菩薩把緊箍兒給了孫悟空，禁箍兒給了黑熊
怪，金箍兒現在給了這紅孩兒。

悟空見到紅孩兒疼得滿地打滾的樣子又捂著肚子笑了起來。等菩薩念完咒，徹底把紅孩兒箍住後，悟空又忍不住上前嘲笑，氣得紅孩兒要拿槍刺他。

> 菩薩怕你養不大，給你戴幾個圈。

> 真討厭！

> 氣死我了！看槍！

觀音菩薩將楊柳枝沾了甘露，灑向紅孩兒，叫了聲「合」。在菩薩的咒語下，紅孩兒兩手合掌，再也打不開，只能倒頭下拜——這就是「童子拜觀音」。

> 悟空，這妖怪野性未退，我教他一步一步拜到落伽山。

> 拜謝菩薩！

> 嘿嘿，謝謝菩薩！

> 快去救你師父吧！

火雲洞裡的小妖們早就在紅孩兒被捉走時跑光了，悟
空和兩個師弟毫不費力地就把唐僧救了出來。唐僧聽
說紅孩兒被菩薩收爲善財童子後，忍不住念了句「阿
彌陀佛」，倒是八戒想到自己被騙，嚷著要去找紅孩
兒報仇。

師徒四人整理了一番，再一次踏上了西行取經的路
途。

走出個通天大道，
又寬又闊！

# 觀音菩薩收服紅孩兒的三件法寶

　　紅孩兒不僅有看家本領三昧真火，而且還非常聰明，孫悟空和紅孩兒過招好幾次，都沒能戰勝紅孩兒。為了收服桀驁不馴的紅孩兒，觀音菩薩也是動用了三大法寶。

## 第一件法寶：淨瓶

　　來源：觀音菩薩的法器。

　　功能：看起來小小的淨瓶，卻裝有三江五湖、八海四瀆的總水量。為什麼要裝這麼多水呢？這水可不是用來熄滅三昧真火的，而是直接水淹了六百里號山，讓紅孩兒根本沒有機會放出三昧真火。

## 第二件法寶：三十六把天罡刀

　　來源：托塔李天王保管的武器。惠岸行者受觀音菩薩所托，從父親那裡借來了這套刀。

　　功能：壓制了紅孩兒的三昧真火之後，第二步就是要困住紅孩兒。觀音菩薩將三十六把天罡刀幻化成一個千葉蓮台，紅孩兒不知深淺地坐了上去，三十六把天罡刀立刻伸出刀尖把紅孩兒困住。

## 第三件法寶：金箍兒

　　來源：如來佛祖賜給觀音菩薩的三個箍兒之一。

　　功能：這個金箍兒專治紅孩兒的桀驁不馴。觀音菩薩料到紅孩兒不會輕易服輸，所以帶上了這個金箍兒。這個金箍兒可以化出五個分身，分別套在紅孩兒的頭和手、腳上，在《金箍咒》的作用下，觀音菩薩才真正收服了紅孩兒。

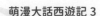

孫悟空
(齊天大聖)

結拜兄弟

玉面狐狸
(玉面公主)

羅剎女
(鐵扇公主)

妾室

牛魔王

結髮夫妻

義兄弟

兒子

兒子

如意真仙

紅孩兒
(聖嬰大王)

# 三昧真火

《西遊記》中紅孩兒的招牌絕技就是三昧真火。他讓小妖們在推出的五行車中放上五行之物，然後就可以隨意噴出三昧真火燒殺進犯之敵。《西遊記》中會放火的不止紅孩兒一人，以下諸君都會一些點火的把戲。

紅孩兒——三昧真火

太上老君——六丁神火

哪吒、孫悟空——真火

這三昧真火除了不能被凡水澆滅，還能讓妖怪現出原形。

《封神演義》中有一個著名的橋段就是「姜子牙火燒琵琶精」。話說姜子牙在城中算命，打死了琵琶精假扮的女子，最後鬧到朝堂之上，姜子牙告訴紂王打死的是妖怪。紂王讓人點火焚化女屍，但是毫無效果。隨後姜子牙噴出三昧真火，女屍立即變成一把玉石琵琶。

紂王

果真是個妖怪，你這老頭還真有本事！

妲己

這個姜子牙，燒了我的妹妹，我這千年九尾狐一定要報仇！

琵琶精

# 第 2 章
# 黑水河遇險

# 黑水河遭難

唐僧師徒離開火雲洞後又走了一個多月，這天他們來
到一條寬約十里的大河邊，河水黑漆漆的，像墨一
樣。

唐僧過河成了難題。他的徒弟們雖然都能騰雲駕霧，但唐僧為取真經必須靠自己的雙腳跋山涉水，所以只能找擺渡的人帶他過河。

等那擺渡的過來，大家又犯了愁：原來小船只有一個船艙，他們連人帶馬怎麼乘船呢？

豬八戒扶著唐僧上了船，艄ᵖᵃⁿ公撐開槳往河中心划去。結果他們剛剛到了河中央，就聽到一聲巨響，只見黑水河浪花翻滾，水波搖盪。原來那艄公是黑水河的怪物所化，他掀起一陣狂風，把唐僧和八戒全都捲進河中的水府裡去了。

上門的唐僧肉，不吃白不吃。

友誼的小船真的翻了。

嘩啦——

救命

相似的劇情又來了。

見此情景，沙僧要跳下河尋找師父和八戒。悟空擔心水色不正凶多吉少，可是沙僧不以為然，他分開水路就鑽入波中，轉眼不見了。

沙僧很快來到一處亭台，只見上面寫著「衡陽峪黑水河神府」。那妖怪正在吩咐底下的小妖去請自家二舅爺來吃唐僧肉，沙僧勃然大怒，掄起寶杖就和那妖怪打了起來。

兩人打了三十多個回合都不分勝負。沙僧想把妖怪引上岸，不料那妖怪不吃這套，反而著急回去想請客吃唐僧肉。

懶得理你，我下線了。

這妖怪有點兒皮啊。

沙僧氣呼呼地回到岸上跟悟空說了剛才的情形，這時候突然冒出一個小老頭，原來他是真正的黑水河河神。小老頭向悟空講述了去年五月，鼉龍妖來到黑水河，霸占洞府的經過。

你怎麼不去告他？

黑水河河神

任性

大聖，那妖怪上頭有人！

原來黑水河河神找過龍王告狀，誰知那西海龍王是這
黿龍妖的舅舅，非但不給河神做主，反而要他分一半
黑水河給自己的外甥。河神又想找玉帝，但是身分低
微見不著，現在只能找齊天大聖幫忙了。

疾惡如仇的悟空一聽火冒三丈。他當即駕起筋斗雲飛往西洋大海，要找老龍王算帳。無巧不成書，悟空剛剛進到水裡，就迎面碰到了一隻送請柬的黑魚精。

悟空打開請柬一看，裡面寫著：外甥鼉潔，啟上二舅爺敖老大人，今天獲得了稀罕的東土唐僧，特意設宴請舅爺過來嘗個鮮。

# 涇(ㄐㄧㄥ)河龍王與算卦人打賭

悟空冷笑著把請柬收起來，然後跑到西海龍王的龍宮裡興師問罪。龍王還不知是怎麼回事，等看到自己外甥送來的那封請吃唐僧肉的請柬後，嚇得連連賠罪。

西海龍王開始講述他外甥鼉龍精的故事。原來這妖怪的母親是西海龍王的妹妹，她嫁給了涇河龍王，生了九個孩子，這個鼉龍精就是最小的一個。

你有幾個妹夫？怎麼孩子什麼品種都有？

好刻薄的猴子。

常言道，龍生九子，各個不同。

這妖怪的爹怎麼不管管？

我那妹夫涇河龍王，早就死了。

原來早在唐僧取經之前，有個名叫張稍的老漁翁在長安城附近的涇河打魚。這天他遇到了一個名叫李定的樵夫，兩人賣了柴和魚，就在一起喝酒，吹噓起各自的營生來。

張稍

打魚比打柴好。

李定

打柴比打魚好。

山裡有老虎呢，打柴危險。

坐船還會翻呢，一樣危險。

不怕，我有辦法保證每天都有收穫。

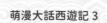

原來漁翁張稍認識一個名叫袁守誠的算卦先生，每天張稍都給他送去一尾金色鯉魚，這算卦的就告訴張稍第二天在哪裡拋鉤撒網。袁守誠算卦很準，因此張稍總是滿載而歸。

不料張稍貪得無厭，每天打的魚太多了。涇河水府的一個夜叉聽說了算卦的事情，覺得事關重大，趕緊找涇河龍王告狀。

龍王爺想如果自己親自去長安城，必定又是風又是雨，肯定會嚇著百姓。於是涇河龍王搖身一變，變成一個白衣秀士去西門大街上查訪。

正走在路上，忽然聽見一群鬧鬧哄哄的人當中傳出卜卦的高談闊論。龍王變的白衣秀士擠上前一看，那裡果然立著袁守誠的招牌，袁守誠正在給人算命。原來這袁守誠就是當朝欽天監台正袁天罡的叔父。

袁守誠神神道道地給白衣秀士算了一卦，告訴他明天什麼時候有雲，什麼時候打雷，什麼時候下雨，什麼時候雨停，甚至連雨量都說得清清楚楚。

涇河龍王大搖大擺地回到水府，哈哈大笑。原來他是八河都總管，司雨大龍神，有雨無雨還不是涇河龍王自己說了算嗎？

正熱鬧的時候，突然涇河水府來了個金衣力士來宣讀玉帝的聖旨。涇河龍王一聽傻了眼，原來玉帝下令明天在長安城下雨，所有的細節竟然與袁守誠算的分毫不差。

這時候鯽魚軍師給涇河龍王出了個餿主意，那就是行雨的時候差一點時辰，少一點點數，反正玉帝也不會仔細查問，但那算卦的肯定就輸了。涇河龍王覺得有理，就依他所說偷偷改了時辰和雨量。

第二天下過雨之後，涇河龍王又變成白衣秀士，跑到袁守誠算卦的地方，不由分說把人家的招牌、筆硯等物全給摔了，還舉起門板大罵起來。

按照賭約，趕緊離開長安。

你都大禍臨頭了，還敢來找我？

你這騙子，又在妖言惑眾！你的天氣預報一點兒也不準！

涇河龍王！你違背玉帝聖旨，在剮龍台難免一刀，還敢在此撒野？

你……你說什麼？

涇河龍王嚇壞了，趕緊丟下門板，整衣伏禮，向袁守誠跪下求救。

之前就是個小玩笑，先生別當真，求先生救命！

無藥可救，你走吧。

你要是不救，我死也不放過你。

你這龍怎麼耍無賴！

袁守誠沒辦法，只好給涇河龍王出主意。他說地府的
監斬官是魏徵，而魏徵是唐太宗的丞相，如果讓唐太
宗在魏徵那裡討個人情，說不定還有救。涇河龍王當
晚就托夢求告唐太宗救命，唐太宗答應下來。第二日
唐太宗找魏徵下棋商量此事，不料一盤棋還沒下完，
魏徵就昏睡過去，在夢裡就把涇河龍王給斬了。

# 摩昂出山

涇河龍王死後，他的寡婦帶著小兒子投靠哥哥西海龍王。後來這龍婆也得病去世，西海龍王就讓小外甥到黑水河修身養性。至於鼉龍精抓住唐僧的事情，他這個舅舅真的是一點兒也不知道。

悟空著急去救師父，謝絕了西海龍王安排的酒宴。摩昂太子帶上五百蝦兵蟹將和悟空一起離開西海，浩浩蕩蕩來到黑水河。

摩昂太子讓守門的
小蝦兵去通知自己
的表弟。鼉龍精聽
說來的不是舅舅而
是表兄，心中感到
有點兒奇怪。

太子帶兵
來了。

赴宴還帶兵馬？
不識抬舉。

鼉龍精怕有變故，就帶上竹節鋼鞭，率領眾妖出府，
果然看見門外旌旗招展，駐紮著一隊殺氣騰騰的蝦兵
蟹將，簡直就是海鮮大雜燴。

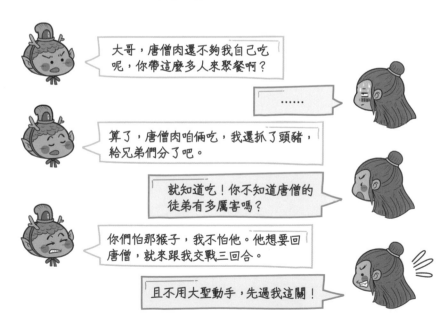

大哥，唐僧肉還不夠我自己吃
呢，你帶這麼多人來聚餐啊？

……

算了，唐僧肉咱倆吃，我還抓了頭豬，
給兄弟們分了吧。

就知道吃！你不知道唐僧的
徒弟有多厲害嗎？

你們怕那猴子，我不怕他。他想要回
唐僧，就來跟我交戰三回合。

且不用大聖動手，先過我這關！

這表兄弟變了臉，傳號令一起擂鼓，頃刻間打成一團。黑水河當即被攪得水波翻滾，蝦與蝦爭，蟹與蟹鬥。

鼉龍精不敵摩昂太子，被一鐧拍在地上。眾海兵衝上去把他逮住了。摩昂太子押著鼉龍精上岸來找孫悟空。

師兄，我認得路，我去救師父……還有二師兄。

你舅舅讓你修身養性，你卻仗勢行凶，快放了我師父！

放了你師父？你怎麼也不管豬八戒。

老實點兒，不許動！

好皮的妖怪。

沙僧來到黑水河水府，發現這裡門扇大開，沒有一個小卒。他找到了唐僧和八戒，趕緊上前解了繩索，帶著他們浮出水面。八戒一看見鼉龍精，掄起釘耙就打。

潑邪畜，還想吃豬排骨嗎？

看在西海龍王賢父子的面上，饒他死罪吧。

疼！

大聖放心，我帶這廝回去，家父必會發落。

拜別了摩昂太子，黑水河河神過來叩謝大聖幫忙奪回水府。他使了一個阻水的法術，上流水被擋住，下流水被撤乾，露出一條平坦大路。師徒四人平安過了黑水河，謝過河神，重新踏上了西遊之路。

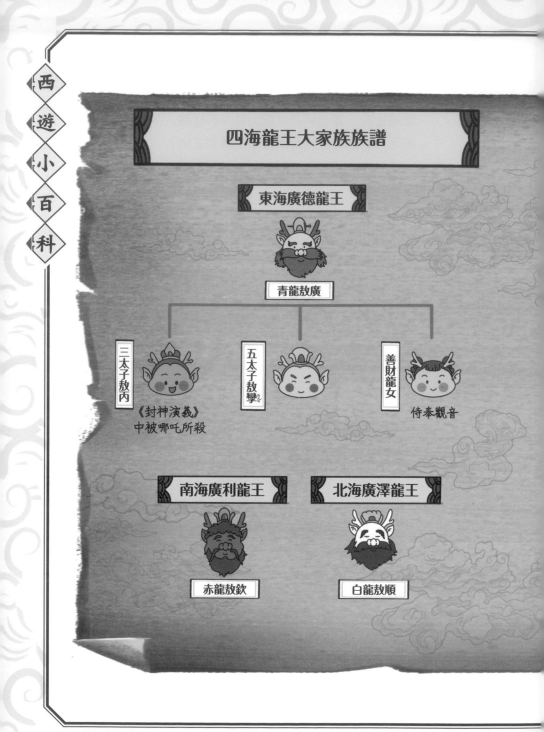

四海龍王大家族族譜

東海廣德龍王

青龍敖廣

三太子敖丙
《封神演義》
中被哪吒所殺

五太子敖摩

善財龍女
侍奉觀音

南海廣利龍王

北海廣澤龍王

赤龍敖欽

白龍敖順

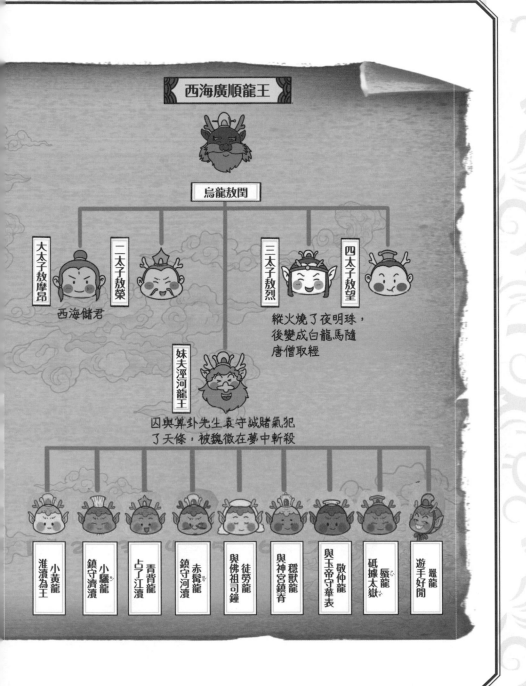

西海廣順龍王

烏龍敖閏

大太子敖摩昂
西海儲君

二太子敖榮

三太子敖烈
縱火燒了夜明珠，
後變成白龍馬隨
唐僧取經

四太子敖望

妹夫涇河龍王
因與算卦先生袁守誠賭氣犯
了天條，被魏徵在夢中斬殺

小黃龍
淮瀆為王

小驪龍
鎮守濟瀆

青背龍
占了江瀆

赤髯龍
鎮守河瀆

徒勞龍
與佛祖司鐘

穩獸龍
與神宮鎮脊

敬仲龍
與玉帝守華表

蜃龍
砥據太嶽

蠅龍
游手好閒

蟈龍
遊手好閒

# 鼉龍

　　黑水河裡的小鼉龍是《西遊記》中的虛擬人物。很多西遊學者研究之後，認為鼉龍極有可能是參照了揚子鱷。揚子鱷，也稱中華鱷，牠是中國特有的一種小型鱷魚，是曾經和恐龍一起稱霸地球的物種，至今保留著恐龍的特徵，被稱為「活化石」。揚子鱷主要分布在中國長江流域的安徽省、江蘇省等地。

> 我可是極危物種，所以需要特別保護，不能讓孫悟空打我。

> 我金絲猴也是保育野生動物啊！

　　鼉龍精的兵器是一根鋼鞭，很多學者認為這有可能是揚子鱷的尾巴。《西遊記》中很多妖怪的兵器都和自己的生活環境息息相關，比如通天河裡金魚精的兵器就是九瓣蓮花的花骨朵變成的赤銅鎚，蓮花就是金魚精生活的蓮池裡的特產。

# 第 3 章

# 鬥法降三怪

# 車遲國釋僧

師徒四人又走了很多天，到了早春時節，萬物復甦，一派生機勃勃的景象。這天，走著走著，他們突然間聽見一聲雷鳴般的吆喝。悟空立即縱身跳上雲端，往遠處看。原來他們已經到了車遲國地界，城外有一群衣衫襤褸的和尚在拉車。

城門裡搖搖晃晃走出個身披錦繡的少年道士，那些累癱了的和尚看見他，嚇得心驚膽戰，推車更賣力了。為了弄清事情的真相，悟空變成一個遊方的道士前去打探。

敢問道長，哪裡能化齋？

道友到了車遲國還用化齋嗎？來了就是祖宗。

原來這車遲國的男女老少都崇尚道教，道士的地位特別高，而信奉佛教的和尚卻是人下人。這原因還要從二十年前說起。

當年車遲國天降大旱，禾苗枯死，民不聊生。

國王請和尚來念經求雨，但是一點兒作用也沒有。

老天啊，下點兒雨吧！

沒用的廢物！

突然從天上飛來了三位仙長，他們能呼風喚雨，拯救了車遲國的黎民百姓。

國王十分感激三個道士，和他們結為兄弟。

同時，國王下令拆毀寺院佛像，和尚們都披枷戴鎖，成了苦工雜役。

悟空聽了這番話，突然想戲弄一下這些道士，於是掩面假哭。

悟空一棒子就把道士打倒了，和尚們看鬧出人命，全都亂叫亂跑起來。悟空毫不在意地把臉一抹，和尚們見是夢中顯化的救星，趕緊下拜。悟空揪下一把毫毛挨個發給和尚們。

車遲國所有的和尚都是我的叔叔。

胡說，你奶奶能生幾百個嗎？

我是大家族，難免親戚多些。

那也不行，這些都是為陛下幹活的，哪能你說放就放。

哼，不給老孫面子，我打你！

悟空發現自己竟然就是護法神口中要來拯救和尚們的人，心裡還挺得意。他找到剛才那個道士，大手一揮，說所有的和尚都是自己的親戚，這可把小道士氣壞了。

要是有人敢欺負你們，你們就舉著毫毛念一聲「大聖爺爺」。

謝謝大救星！

到時候俺老孫就來救你們！

得到了這樣的保證，和尚們終於放下心來，歡歡喜喜四處逃命去了。剩下十幾個未離開的和尚，他們把唐僧師徒領到了車遲國現在僅存的一座寺院——智淵寺。

# ꩜ 大鬧三清觀 ꩜

師徒四人簡單吃了些齋飯就休息了。晚上，悟空隱約聽到吹吹打打的聲音，於是他悄悄溜出寺院，跳上雲端查看。原來正南方向的三清觀裡，虎力大仙、鹿力大仙和羊力大仙正在舉行法事。

這麼熱鬧，肯定有不少供品。

嘿！

哈！

吼！

悟空眼珠一轉，來了主意。他悄悄進屋推醒沙僧，告訴他三清觀裡有斗大的饅頭、二三十公斤的燒果和新鮮果品。八戒正在睡覺，一聽見有吃的立刻就醒了，瞬間坐了起來。

燈火通明的三清觀裡突然刮來一陣強風，把花瓶、燭臺、四壁懸掛的法器都刮倒了。道士們大驚失色，虎力大仙見夜色已深，乾脆讓徒弟們都回去休息。悟空三人趁人走光的時候溜了進來，原來剛才那股怪風正是悟空念動口訣弄出來的。

他們三個拱倒了神像，悟空讓八戒把神像都搬到「五穀輪回之所」去，並指點了路徑。八戒過去一看，原來所謂的「五穀輪回之所」就是茅廁。

嘿嘿！

這猴子，就知道戲弄俺，好臭啊。

八戒回來後變成太上老君，悟空變成元始天尊，沙僧變成靈寶道君。三人在供桌上大吃大喝起來，果皮果核滿地亂扔。

門外突然傳來腳步聲，師兄弟三個趕緊裝模作樣回到神像所在的位置上。

小道士們嚇得趕緊去找三個國師來查看。三個國師走進屋中，鹿力大仙踩到了香蕉皮，差一點兒就滑倒，好在羊力大仙及時扶住了他。這時候他們才發現道觀裡滿地都是果皮和果核。

虎力大仙

誰把供品給吃了？

鹿力大仙

皮剝得這麼仔細，怎麼看都像人吃的！

羊力大仙

該不會是祖師爺被我們的誠心打動，下凡了吧？

啊！
三清爺爺！

三個國師激動地跪在三清雕像前「砰砰」磕頭，請求三清顯靈賜些金丹聖水。變成雕像的悟空打起了壞主意，突然答話了。

看見三清雕像突然開口，三個國師磕起頭來更起勁兒
了。當聽說三清肯爲自己賜下聖水，他們更是急急忙
忙地把能端來的容器都端來擺在香案上。

悟空以天機不可洩露爲名，先將三個國師攆到門外。八戒和沙僧趕緊湊過來看他有什麼主意，卻見悟空撩起虎皮裙，對著大缸撒了一泡猴尿。兩個師弟噗哧一笑，也學著悟空的樣子，一人拿了一個容器尿了起來。

「小仙領聖水！」聽見三清的召喚，三個國師搶著擠進來，用茶杯舀著聖水喝。剛喝一杯，他們就覺得不太對勁兒。

看到三個國師喝了自己的尿，悟空實在憋不住笑，乾脆現出原形來。三個國師一看自己上當了，氣得撿到什麼扔什麼，但悟空靈活地拉著八戒和沙僧溜出殿外，駕著祥光飛回了智淵寺。

# 皇宮賭鬥

第二天，唐僧帶著徒弟們去車遲國國王那裡倒換官文。國王看見竟然有和尚敢跑到自己的宮殿來，就說要把他們都拖出去砍頭，幸虧大臣攔住了他。

陛下，使不得！大唐乃天朝上國，這些和尚只是路過倒換官文而已。

殺了他們，大唐怕是要打來的！

哎喲，惹不起，惹不起。

嘿嘿！

這時候三個國師進來了，大殿上的人除唐僧師徒，全都對道士畢恭畢敬的。一聽說是大唐來的和尚，三個國師立即就想到悟空昨天從城外到城裡幹的各種壞事，趕緊向國王告狀。

就是他們放跑了和尚，偷吃供品，還……

還？還怎麼樣了？

真是不好意思！

國王聽說唐僧師徒對國師如此無理，勃然大怒，要把他們推出去砍了。結果悟空巧言善辯，把罪責推得一乾二淨。那國王腦子本來就昏亂，被悟空一攪和，就拿不定主意了。

這天下假名托姓的多了，怎麼就見得是我們本人？

嗯……
這個……

有人證嗎？有物證嗎？明明是欺負我們人生地不熟，陷害我們。

這時候有黃門官稟奏，宮外跪了許多求雨的百姓，國王突然想到了個兩全其美的主意。

唐朝和尚敢跟國師比降雨嗎？

要是能求到雨，我就放你們西去；要是求不到，就殺頭！

這有何難？求雨是小菜一碟。

國王趕緊讓人打掃壇場，自己登上五鳳樓觀看。三個
國師對求雨很有把握，覺得唐朝和尚肯定要被砍頭。
虎力大仙剛要登臺，就被悟空扯住了衣裳。

第一關：求雨

好戲就要
開始了！

五鳳樓

等等，咱們一起求
雨，誰知道雨到底
是你求來的，還是
我求來的？

現在講開了規
矩，才好辦事。

我以權杖為號，一
聲風來，二聲雲起，
三聲雷鳴，四聲下
雨，五聲雨畢。

虎力大仙大模大樣地登上高壇，嘴裡念叨著咒語，燒了一道寫有符字的黃紙。緊接著「砰」的一聲權杖響，風就刮起來了！

這道士還真的有點兒本事。起風了！

大驚小怪，你們不要跟我說話，俺老孫去去就來。

悟空拔下一根毫毛變成自己的模樣，老老實實地坐在八戒身旁，真身則悄悄飛上了天。

喂！猴哥！你怎麼不動了？

定住——

一上天，悟空就看見風婆正在鼓風，推雲童子和布霧郎君正等在一旁，顯然是要聽候號令布雲的。悟空讓天上的雷公電母、四海龍王等神仙都聽自己指揮，要求他們以自己的棒子爲令幫助唐僧降雨，不要理會虎力大仙。

反了你們！竟然敢幫妖怪，看俺老孫不打你們！

我們是收到文書才趕來布陣的。大聖放心，這就照你說的辦。

我們可吃不得這棍子。

回頭我一舉棒子就放風，再舉棒子就布雲，三舉棒子就打雷，四舉棒子就下雨，五舉棒子就晴天。

遵命！

再說地面上，無論虎力大仙怎麼發號施令、添香燒符，都阻止不了大太陽從雲層裡冒出來。八戒看他急得滴溜溜亂轉，就開始說風涼話，虎力大仙只能垂頭喪氣地下來。

權杖響了四次，怎麼一點兒雨都沒有啊？

國師，怎麼回事啊？

哼，今天龍王不在家。

悟空胸有成竹地說，龍王肯定在家，自己的師父唐僧一定能把雨求來。

悟空，我真不會求雨啊！

師父你只管念經，其他都看我老孫的！

唐僧爬上高臺剛開始念經，悟空就舉起棒子朝天空一指。頃刻間，車遲國遍地呼呼風響。再一指，烏雲密布；又一指， 電閃雷鳴。悟空舉著金箍棒再一指，天上就下起了傾盆大雨。雨越下越大，眼看快把城給淹了，國王趕緊求著唐僧收了神通。

我什麼都不知道，空空真厲害……

長老！快收了神通吧，再下就淹水了！

這有何難？

悟空得意地晃動金箍棒又一指，霎時間雷收風息，雲散雨收。國王回宮正要給唐僧倒換通關文牒，三個國師卻攔住了他，直嚷著是唐僧占了自己的便宜。

陛下，明明是我們把風雲雷雨請了回來……

怎麼，輸不起啊？

各路神仙趕到時，恰好趕上我下壇，他上壇，唐朝和尚撿了便宜！

糊塗的國王一時分辨不出真假，又猶豫起來。悟空躥到國王面前，出了另一個主意，要大家見識一下自己的真本事。

咱們看看這龍王到底聽誰的！我能讓龍王現身，你的國師們能嗎？

寡人做了這麼多年皇帝，還真不曾見過活龍。

好激動啊！

聽說要比試召喚龍王，三個國師也有些畏懼了，不敢
應戰。悟空嘿嘿一笑，朝空中大喊一聲，突然間半空
中出現了四條吐霧穿雲的神龍，一時間轟動朝野。

見識了眞龍，國王在心裡已經承認了唐僧師徒的神通。但虎力大仙不甘心，非要跟唐僧再比試一場雲梯坐禪！國王本不想再耽擱，可實在禁不住國師們糾纏，只得同意。

這回悟空有些爲難了，因爲猴子生性愛動，坐不住幾個時辰。沒想到這時候唐僧挺身而出。

悟空弄了個法術把唐僧托上了五十張桌子搭起來的禪台，虎力大仙就坐在對面的高臺上。鹿力大仙在下面見兩個選手不分勝負，就從腦後拔下一根頭髮，把它變成一隻大臭蟲扔在了唐僧的後頸上。坐禪時不許動手，唐僧又癢又疼，只能就著衣襟擦癢。

悟空真身悄悄離開身體，飛到唐僧旁邊查看情況。悟空很快捏死了臭蟲，唐僧立即坐得穩穩當當。這種卑劣手段，悟空怎能放過？他變成一隻七寸長的大蜈蚣，落到虎力大仙的臉上，照著他的鼻子狠狠咬了一口。虎力大仙嚇得摔了下來。

什麼鬼東西！

還敢暗算我師父！

## 第三關：隔板猜物

本以為這回可以順利更換文牒，卻不料鹿力大仙跳了出來。他說虎力大仙是舊病復發才輸了比賽，他自己還要跟唐朝和尚比試隔板猜物。於是，國王讓內官抬出一個紅漆櫃子，裡面放著正宮娘娘藏進去的一套華麗衣裙。

嘿嘿！

唐朝和尚，你可猜得出裡面裝的是什麼？

這……

鹿力大仙在櫃前施法後，很快就猜到了寶物是什麼。
唐僧站在櫃前，什麼也看不出來，心裡有些慌，卻聽
悟空告訴自己，櫃中是件破僧衣。

裡面是山河
社稷襖、乾
坤地理裙！

師父其實
裡面是……

和尚無禮，你在
譏笑我國無寶嗎？

裡面是一件
破爛的僧衣。

櫃子一打開，國王和三個國師都嚇呆了：櫃中還真的
就是一件破僧衣！三個國師目瞪口呆。

是誰放的
此物？

妾身親手放的華貴
宮衣，不知怎麼變
成這麼件東西。

不對啊！沒
有理由啊！

第二次猜物，國王親自到御花園摘了個碗大的桃子放進櫃子。

自己動手，我就不信他們還能猜出來。

正合老孫的心意，不客氣了！

羊力大仙搶先說出櫃中放的是一個鮮桃，唐僧卻說櫃中放的是一枚桃核。

就算玉皇大帝來了我也猜這裡是桃子！

是桃核！

嘿嘿，國師贏定了！妥妥的！

結果一開櫃門，鮮桃被吃得只剩光亮的桃核了。

國王見唐僧連著兩次都猜中了，以爲有仙家幫助和尚，就想要趕緊打發他們走。但是虎力大仙覺得唐僧肯定使了詭計，便對國王耳語了幾句，讓一個小道童坐在櫃子裡面。

唐僧猜的是櫃子裡有個小和尚。櫃門打開了，果真有一個小和尚敲著木魚出來了。國王和虎力大仙都震驚了。原來剛才悟空變成了老道士的模樣溜進櫃子，哄騙小道童剃了個光頭，又把他身上的道袍變成了僧袍。

為什麼要剃頭？

啊！怕那和尚偷聽我們的計畫，臨時變一變。

你！你怎麼回事？

師父，不是你說讓我打扮成這樣就能贏嗎？

真是奇怪了！

## 第四關：砍頭

連輸三場，連國王都說不要賭了，讓唐朝和尚趕緊離去。可國師們擔心認輸了在車遲國待不下去，於是堅持繼續比賽。

悟空這次先上斷頭臺。只見刀光一閃，悟空的腦袋骨碌碌滾出老遠。

悟空肚子裡發出聲音，叫著：「頭來！」鹿力大仙見
了，趕緊念咒讓土地公按住悟空的腦袋。土地公因爲
害怕鹿力大仙的五雷法，只好聽他使喚。

土地公，等我贏了
和尚，就把你的小
祠堂換成大廟宇！

頭來！
頭來！

悟空見腦袋不回，乾脆喊了聲：「長！」他的身體裡又
冒出來一個新的腦袋，舊腦袋還在地上跟新腦袋說了
一會兒話才笑嘻嘻地消失。劊子手和羽林軍見了，都
嚇得心驚膽戰。

長！長！長！

啊?!
這也行？

好厲害啊！

輪到虎力大仙砍頭了。他的腦袋剛一落地，滾出三四十步遠。悟空趕緊用毫毛變出一條黃狗把虎力大仙的頭叼走了。大仙連喊了三聲「頭來」也沒有腦袋回應。虎力大仙只會把腦袋安上，沒有辦法再生出一個新的頭。

虎力大仙找不到頭，很快就癱在地上死了。他的屍體也變成了一隻無頭的黃毛老虎。國王嚇得躲在寶座後，鹿力大仙和羊力大仙卻說這是唐朝和尚的障眼法，鬧著要比試剜心。

虎力大仙是隻老虎，不知他們是不是鹿和羊……

陛下莫怕，這是障眼法，我們比剜心！

第五關：剜心

悟空舉著刀就把自己的身體給豁開了，輕輕鬆鬆地從裡面掏出一顆心，把國王嚇得直發抖。他很快又把心塞了回去，身子也像沒挨過刀一樣自動癒合了。

國王你看看我的真心！

撲通

撲通

這和尚太厲害，還是趕緊打發他們上路吧……

輪到鹿力大仙了。他也像悟空一樣剖開了身子，把五臟心肝都掏了出來。

他剛把內臟擺在案上，悟空就變出一隻餓鷹把這些零碎都叼走了。鹿力大仙抓不到老鷹，很快就變成一隻白毛角鹿倒了下來。

## 第六關：下油鍋

見鹿力大仙竟然變成了一隻鹿，國王害怕地看向羊力
大仙，心中滿是懷疑。卻不想羊力大仙不肯認輸，還
要跟悟空比下油鍋。

陛下莫怕，這
是障眼法。

我信你個鬼！
快走開！

我要跟和尚
比下油鍋。

油鍋燒得滾燙，悟空第一個跳進鍋
裡翻波鬥浪。八戒見了便和沙僧說
起悄悄話。悟空聽到後想嚇唬一下
八戒，於是鑽到鍋底變成個棗核釘，
不出來了。

猴哥真厲害！他不
下油鍋誰下油鍋！

真是「巧者多勞
拙者閒」，看我
戲一戲這呆子。

羊力大仙一看油鍋裡沒人影兒了，激動得以為悟空被煉化了。國王趕緊讓劊子手把唐僧師徒拖出去砍了。唐僧要求先給悟空燒紙拜祭一下。八戒被揪著耳朵拖到鍋邊，破口大罵起來。

鍋底的悟空聽到八戒亂罵，忍不住從油鍋裡跳出來，
現了本相。

見悟空突然又出現，羊力大仙憤憤地衝上去要跟他拚
命，卻被悟空逼著下了油鍋。

羊力大仙跳進了油鍋，看上去十分享受，就像在泡澡一樣。悟空心裡疑惑，把手靠近油鍋，發現這鍋是涼的。他飛到上空，發現羊力大仙的油鍋裡正游著一條冷龍，所以鍋裡的油的溫度一點兒也不高。

悟空縱身跳上雲端，招來了北海龍王，讓他把鍋中的冷龍收走。冷龍一走，油鍋的油立刻就沸騰了，羊力大仙還沒來得及叫喚就被燙死了。撈出來一看，原來是一副熱油炸過的羊骨架。

國王看著鍋裡的羊骨架，嚇得號啕大哭。悟空笑嘻嘻地告訴他，三個國師都是妖怪變的，國王更加後怕了。

再過兩年，這三個妖怪就把你的江山占去了。

我哭的是這鍋香油浪費了。

現在妖怪已除，你該笑才是。

智淵寺

在唐僧的教化下，國王決定不再壓迫僧人。國王還幫
助和尚們重新修建了寺廟，五百個在逃的僧人看到招
僧榜，紛紛回到車遲國。他們歸還了悟空的毫毛，並
叩謝唐僧師徒的大恩。

多謝聖僧！

快快請起。

多謝高僧
相助！

嘿嘿！

# 破爛流丟一口鐘

這集我們看到唐僧與鹿力大仙比試隔板猜物。原文中，悟空在第一回合告訴唐僧，櫃子裡放的是「破爛流丟一口鐘」。光看字面意思，很容易以為櫃子裡放了個青銅古鐘。

其實《西遊記》原著中所說的「一口鐘」，指的是像古代樂器「鐘」一樣的衣服。和尚們平時化緣，衣服經常是破爛流丟，根本沒有款式和造型。常常是別人給了一塊布，自己從中間剪出一個洞

來，把頭鑽過去，就可蔽體，遠遠看上去就像是「一口鐘」。

而且車遲國國王也說：「宮中所用之物，無非是緞絹綾羅，哪有此什麼流丟？」足見「破爛流丟一口鐘」指的是非綾羅綢緞的同類低等物品。

# 五穀輪回之所

　　本集在三清觀發生的故事中，悟空管茅廁叫作「五穀輪回之所」，這種稱呼有著深刻的社會原因。在中國古代，人們發現人畜的排泄物經過處理後可以加工成「糞肥」，成為農作物的肥料。莊稼長成後再被人們吃掉，隨後被人排泄出來，形成一種輪回。因此茅廁就成了「五穀輪回之所」。

　　古人上廁所可是個大問題，無論中外，只有富貴人家才能享受精緻便壺的待遇。中世紀的歐洲的衛生問題非常糟糕，人們經常把糞水從窗戶潑出去，使得當時的街道骯髒不堪，間接導致了瘟疫橫行。

　　好在隨著科技的進步，抽水馬桶被發明出來。從此全人類如廁這個衛生問題得到極大的改善。

在這個故事中孫悟空上天阻止雲童霧郎、雷公電母等神仙為虎力大仙求雨效力，同時要求他們聽自己的指揮。這在一定程度上肯定了悟空有「呼風喚雨」的能力。

【釋　義】原指神仙道士的法力，現在用來比喻能夠支配自然或左右某種局面。

【近義詞】興風作浪

【反義詞】息事寧人

電母（別名閃電娘娘、金光聖母）
法器：兩面閃電神鏡

風婆婆（別名黑風婆）
中國民間信仰神祇
法器：風口袋

雷公（別名雷神）
司掌雷鳴之神，
鳥臉雷公嘴，背
後生有一雙翅膀
法器：一手執楔（ㄒㄧㄝ），
一手執錘

推雲童子
掌雲祭司

布霧郎君
專門掌管天庭雲霧

四海龍王　專門負責降雨

# 第 4 章

# 險渡通天河

# 陳家莊做法事

唐僧師徒一路西去，又是從夏到秋。這一天，他們走著走著，就聽到前面傳來巨大的水聲。走近一看，原來是一條一眼望不到頭的大河。河岸上立著一座大石碑，上面寫著「通天河」三個大字，旁邊還特別注明：八百里寬。

當日是過不了河了，但河灘處有一個村莊，唐僧師
徒決定到那裡停留一天。他們來到一戶人家門前，
唐僧隱隱聽到鐘磬的聲音，像是在做法事，估計此
處可以齋僧求宿。上門一問，主人老漢前來迎接。
老漢看上去雖然有些愁眉苦臉，但卻是個樂善好施
的人。

一臉苦相，但
還挺有善心。

那就請到舍
下安歇吧！

陳家莊

陳澄

老施主，貧僧
想借宿一晚。

老施主家果然正在做法事，一些和尚在廳堂裡念經。
八戒湊過去說話，結果可想而知，幾個和尚大喊著
「妖怪」逃走了。唐僧直罵八戒粗魯。

喂，念什
麼經呢？

妖怪！有
妖怪啊！

老施主還是爲唐僧師徒安排了齋飯。八戒一聽管飽，樂開了懷，只管大吃大喝，唐僧和老漢則在一旁交談。原來老漢與唐僧的俗家同姓「陳」，唐僧更是對老漢增加了一分親近。

# ❧ 靈感大王 ❧

聊天聊到爲何在家中做法事，陳老漢竟然哭了起來。
原來這場法事竟然是給家裡的兩個活蹦亂跳的孩子做
的。唐僧師徒只看到了通天河，卻沒有看到上游的靈
感大王廟。這位靈感大王每年都要求陳家莊村民拿出
童男童女來獻祭，以換取陳家莊一年的風調雨順，否
則村民來年就別想有收成。今年輪到陳家⋯⋯

天靈靈，地靈靈，
靈感大王要顯靈！
今年供奉童男童女的，
就是你們陳家！

我家人丁不旺，就兄弟兩
個，年歲都不小，一家卻只
有一個孩子。小女八歲叫一
秤金，姪子七歲叫陳關保。

悟空，這靈感大王
是什麼神仙？居然
要吃童男童女！

哪有神仙吃人的！
分明就是妖怪！

悟空讓陳家人把兩個孩子抱來看看，然後他念動咒語，搖身一變就成了七歲的陳關保的模樣。陳老漢又驚又喜。悟空告訴老漢只要讓八戒吃飽，他的小女兒也有得救。他們師兄弟倆會變成兩個孩子的模樣幫陳家順利脫險。

得，又來了。

多謝孫老爺慈悲，只可憐我這女兒無人相救。

我給你出個主意，你只要對我師弟豬八戒說飯菜管飽，他就能變成你女兒。

八戒的三十六變不如悟空的變化精細。起初，他變出一秤金的頭臉，可是他的大肚子卻變不了。還是悟空厲害，他對著八戒的大肚子吹了一口仙氣，眼前終於出現了一個毫無破綻的「一秤金」。

真是神了，我看兩位長老才是神仙下凡。

所以說減肥難嘛！

哈哈哈哈哈，你是一秤肥肉！

# ❧ 獻祭風波 ❧

這時外面鑼鼓喧天，獻祭的時辰到了。悟空和八戒變成的童男、童女被村民們抬到河邊的靈感大王廟。村民們一番念誦之後，都各回各家，留下「陳關保」和「一秤金」在廟裡。

突然刮來一陣妖風，廟堂裡走進來一個金盔金甲、殺氣騰騰的妖怪，看上去就像鎮寺的大門神。

妖怪雖然覺得這倆小孩兒敢搭話挺奇怪，但他還是決定先吃了再說。他剛打算拿童女下口，八戒就恢復了真身，一釘耙就打中了妖怪。妖怪身上狠狠地挨了一下，心知有變，轉身就跑。

妖怪逃走時身上掉下些東西，兄弟倆上前仔細一看，竟然是兩片大魚鱗。悟空估計這妖怪就是個河裡的怪物，沒啥大本領，明天再去抓他也不遲。悟空讓八戒把廟裡的供奉都帶回去，這是八戒最愛幹的事兒。

妖怪回到自己的水府，悶悶不樂。小妖們見大王往年都是歡喜而歸，今年卻慌慌張張的，十分不解。於是妖怪把自己在靈感大王廟遇到孫悟空和豬八戒的事情和大夥兒說了。

這妖怪窩火，童男童女沒吃著；這妖怪眼饞，唐僧肉近在咫尺；這妖怪害怕，孫悟空和豬八戒都不好對付，搞不好自己就會屍骨無存。可想吃唐僧肉的妖怪身旁都會有一個饞得不怕死的小夥伴。只見一個身上長著斑紋的鱖魚精湊過來，給妖怪獻上一計……

大王，我倒有主意可以捉住唐僧，只是事成之後能否賞我一塊肉呢？

你若真有辦法捉住唐僧，我與你結拜為兄妹，共同分享唐僧肉。

有您這句話就好辦了，這主意就是……

哎呀，這正是我的拿手好戲！

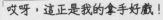

# 通天河大雪

再說唐僧師徒夜宿陳家莊，快要天亮的時候，卻被凍醒了。悟空開門一看，外面已經是白茫茫一片。好一場大雪！雪花飄飄灑灑像棉絮一樣。

大雪連下了好幾日，天氣也沒有轉暖的跡象。陳家要留唐僧師徒做客到春暖花開，但是唐僧取經心切，著急趕路。這時候忽然聽見有人喊：「通天河凍上啦！」

大家來到河邊，發現冰面上居然已經有一些想要到河對面去做買賣的商販了。八戒跳到冰上，拿耙子狠狠一打，只聽一聲巨響，冰面上出現九個白印，他的兩臂都被震麻了。八戒這番試探讓唐僧決定趕緊過河西行。

# ❧ 冰窟落水 ❧

唐僧向陳老漢辭行，他什麼金銀財寶都不要，只要了
些稻草，裹住白龍馬的蹄子，免得在冰上行走打滑。

師徒四人走到河中間的時候，冰上突然裂了個大窟
窿，唐僧一瞬間就掉了下去。原來下雪結冰以及冰河
上的行人都是通天河的妖怪所施的妖法所化。這鱖魚
精的主意果然讓妖王不費吹灰之力就抓住了唐僧。

妖王抓到唐僧簡直高興壞了。他說話算話，立即把鱖魚精認作妹妹，要和她一起分吃唐僧肉。鱖魚精卻勸妖王等唐僧的徒弟們散了，徹底消停了，再吃唐僧也不遲。

準備吃唐僧肉啦！

也好，這兩天正好讓唐僧洗刷洗刷。

水黿之第

鱖魚精

大王，先等兩天，如果他的徒弟們不來吵鬧再享用，豈不更好？

八戒和沙僧雖然也落進通天河裡，但是由於水性好，都沒大礙。他們帶著白龍馬從水中浮出來。悟空一看，師父這又是讓妖怪抓走了！

# 水下探險

在水下打仗不是悟空的強項,但是八戒和沙僧卻都是水性好的天將出身,只是偵察和戰鬥經驗不如悟空。最後三人決定,八戒、沙僧下水,悟空附在一人身上,去水府打探之後,再決定下一步。

八戒平日裡總被悟空欺負,就想趁下水捉弄悟空一番,他這點兒小心思早就被悟空識破。下水沒一會兒,八戒就假裝摔跟頭,把背上的悟空給甩了出去,自己在一旁看笑話。他哪知甩出去的是個假悟空,真悟空就蹲在他的大耳朵裡看他使壞。

假悟空剛摔在河底就不見了，八戒以為自己得逞，很是得意。沙僧卻不幹，說要是沒有大師兄，自己就不去了。

> 大師兄雖然不識水性，但是比你我靈活。他要不來，我就不和你去。

> 猴子不經摔，一摔就化了。找師父的頭功歸咱了。

> 二師兄也不想想，大師兄啥時候吃過你的虧？

聽到沙僧的話，悟空趕緊應了一句。八戒慌了，這猴子還在自己身上，萬一做點兒手腳，他可受不了。八戒趕緊低聲下氣地賠禮道歉。悟空才懶得和八戒計較，只催他們快去尋找妖怪的府邸，好救師父。

> 猴哥，你快現身吧，我不敢了。

> 好你個呆子，還敢摔俺老孫！

又游了一百里，八戒和沙僧看見了一座水下的府邸，上面寫著「水黿之第」四個大字，看來妖怪的老巢找到了！

悟空從八戒的耳朵裡鑽出來，變成了一隻長腳蝦婆，蹦蹦跳跳地混進府去，一番打探之後，找到了關著唐僧的石匣（ㄒㄧㄚ）。唐僧正在裡面哭泣，悟空連忙告訴師父少安毋躁，徒弟們很快就會救他出去。

師父，再忍忍，徒弟們這就商量辦法救你！

嗚嗚——悟空救我！

時間長了，會缺氧！

悟空的水下功夫沒有八戒和沙僧好，他急忙出來和八戒、沙僧商議如何救師父。三人最後決定，由八戒和沙僧去水府引那妖怪出水，只要離開水面，悟空就可以在陸地上施展本領。

我老豬生來就是當釣餌的嗎？

# 🌀 大戰金魚精 🌀

八戒一馬當先打上門去，那妖怪手拿一對九瓣赤銅錘出來迎戰。通天河上風平浪靜，通天河下卻鬥得昏天暗地。這妖怪在水裡以一敵二，果然是個高手。

八戒和沙僧互相使了一個眼色，假裝打不過妖怪逃向
河面。妖怪想在小妖面前炫耀一下，果然就上了當。

悟空在冰面上已經等候多時，突然間看到有一處冰下
水流湍急、波浪翻滾。八戒和沙僧跳出來喊道：「來
了來了！」悟空上前，跟妖怪才打了三個回合，那妖
怪就鑽回水裡，說啥也不出來了。

# 以逸待勞

第一次讓妖怪逃了，兄弟三人商量再去叫陣，引妖怪
上岸。沒想到，那妖怪聽說了悟空的威名，說啥也不
肯出來。八戒、沙僧前去叫陣，發現好好的一座府邸
大門竟然已經被石頭和河底的淤泥給塞嚴實了，八戒
有釘耙也無計可施。悟空見這情形，決定去找觀音菩
薩幫忙。

看來只能勞煩
觀音菩薩了。

觀音菩薩不在，已成為善財童子的紅孩兒跟悟空說，
菩薩知道他要來，但菩薩一大早還沒來得及梳洗，就
進了竹林，囑咐悟空來了以後，就在竹林外等著。

唉，大侄子，
今天你可真有
禮貌！

大聖，菩薩已經算到
你今天要來，特意讓
我在這裡等著你。

悟空等得心焦，乾脆不聽勸阻，直接鑽進竹林去找菩薩。結果發現觀音菩薩眞的沒有梳洗，披散著頭髮，在竹林裡面專心致志地削竹篾ㄇㄧㄝˋ。悟空高聲叫嚷著，觀音菩薩還是老話：「出去等！」沒法子，悟空只好又回到竹林外。

讓你安靜地等一會兒，怎麼就這麼難！

菩薩，再等下去，我師父就要被吃啦！

不一會兒，悟空看見菩薩拎著一個紫竹籃子從竹林裡走了出來。這回菩薩一刻也不想耽擱了，催悟空即刻啟程，去救唐僧。

就怕師父現在都變成妖怪的盤中餐了！

走吧，去救你師父！

菩薩這副打扮就來降妖，八戒、沙僧也是頭一次看到。他倆估計，八成是菩薩架不住大師兄的碎碎念，連梳洗都顧不上，就被他給拉來了。

化妝前

VS

化妝後

# ⛭ 魚籃觀音 ⛭

觀音菩薩從身上解下一根絲帶拴住竹籃，然後把它拋
入通天河，隨後念動咒語，過一會兒提起竹籃，這籃
子裡竟然多了一條亮閃閃的大金魚。

原來通天河的靈感大王本是觀音菩薩在蓮花池裡養大
的金魚，因為日日聽菩薩誦經，所以修煉成精。觀音
菩薩早起編竹籃子原來就是為了跟悟空過來抓他。

一聽說金魚精已經被菩薩困在了竹籃裡，悟空立刻就
湊了過去，想折磨折磨這條作惡的金魚。但菩薩早就
收走了竹籃，不給悟空機會。

胡鬧的猴兒，竟想
烤我的寵物……

菩薩真摳門！請
百姓們吃頓烤魚
也是不錯的啊！

通天河的百姓聽說觀音菩薩捉住了靈感大王，紛紛跑
來朝拜。其中有擅長繪畫的村民還畫下了觀音菩薩提
著魚籃收妖的畫面，這就是《魚籃觀音圖》。

魚籃觀音圖

兄弟三人立刻下水去救師父，說也奇怪，菩薩撈走了
金魚精，這水府裡的其他妖怪竟然也都被收拾乾淨
了。唐僧輕輕鬆鬆地就被救了出來。通天河恢復了平
靜，陳家莊一片歡騰，村民們爭先恐後地要備船送唐
僧師徒過河。

正在吵鬧時，通天河裡突然鑽出了一隻巨大的癩頭老
黿。原來他才是通天河水黿之第的主人，九年前被金
魚精占去了水宅。現在唐僧師徒趕走了妖怪，他要馱
唐僧過河來報答。

老黿把唐僧師徒穩穩地馱在背上，將他們平安送到了
河對岸。臨別時老黿拜託唐僧，見到佛祖時幫忙問問
自己何時能脫得本殼、修得人身，唐僧一口答應了。
告別老黿後，唐僧師徒再一次踏上了西行的路。

西遊小百科

## 八十一難的發生地
## ——真正的「通天河」在何方？

《西遊記》中的通天河是條與眾不同的河流，唐僧師徒在西行路上以及東歸途中，都在通天河落腳並發生了很重要的大事：一件是解救陳家莊供奉給靈感大王的童男童女；一件就是因為忘記替河中老黿打聽修行成人的時間而被拋入水中，導致經書被打濕。

> 又沉到底了！

> 不要說「又」好不好？

很多讀者都想知道真正的通天河在哪裡，其實它並非中國國土上的河流，而是在古印度。

玄奘在印度留學十多年後，終於啟程返回故土大唐。這時他已經有了規模不小的隊伍，帶著大量經書和佛像一起上路。《三藏法師傳》記載，玄奘在過印度河的時候，他們的船在河中央遭遇過風浪。

船隻差點兒傾覆，看守經書的人落入河中，眾人急忙前去撈救才把人救起，只是五十本經書和一些奇花異草的種子沉入水中去了。

《西遊記》中，唐僧師徒乘老黿渡通天河丟失經書就是九九八十一難的最後一難。

# 河伯娶婦

　　魚籃觀音收服通天河金魚精這個故事反映了中國封建社會的百姓對愚昧害民的迷信行為的反抗。歷史上也有類似的事情發生，比如戰國時期「河伯娶婦」的故事。鄴地常有水害，當地的腐敗官員聯合巫婆用為「河神娶媳婦」這種荒誕的辦法來避免水災，因此出現了很多強搶民女、搜刮百姓錢財的惡事。老百姓不堪忍受，紛紛逃亡異地。

　　西門豹做了地方官後，也來到水邊看所謂的「河神婚禮」。結果他謊稱新娘不漂亮，讓巫婆去河神那裡招呼一聲婚事暫緩，於是西門豹的衛兵就把巫婆丟進河裡去「傳話」。

拿來吧！這是供奉給河伯的錢！

新娘不好看，要換人，巫婆下去通裏一聲！

啊？我不會游泳啊！

　　過了很久巫婆也沒回來，西門豹又接著把腐敗官吏丟到水裡，派他們去「催」。這樣一來，官員們都害怕了，不斷求饒才被饒了一命。

　　西門豹興修水利，杜絕了當地的水害，當地再也沒有給河神娶老婆這種荒唐事件發生了。

別扔，我自己跳吧！

一言既出，
駟馬難追

【釋　義】話說出了口，就算是套上四匹馬拉的車也難追回，指說話算數。

【近義詞】言而有信

通天河裡的斑衣鱖婆給靈感大王出主意：凍住通天河後，等唐僧走在冰上再破冰抓住唐僧。斑衣鱖婆並不是白出主意，她想得到一塊唐僧肉。

一言既出，
駟馬難追！

靈感大王答應了她，還許諾與她結拜為兄妹。

等斑衣鱖婆的計策奏效後，靈感大王果然說話算話，與斑衣鱖婆結拜為兄妹。斑衣鱖婆驚喜交加，她之前很擔心靈感大王說話不算話。但是靈感大王卻說：「一言既出，駟馬難追！」這話的意思是「一句話說出了口，就算用四匹駿馬拉的車也難追回」，即話說出口，就不能再收回，一定要算數。

信守諾言一直是中華民族的傳統美德。

《史記》記載，徐國國君晤見季札時，對季札的寶劍愛不釋手，季札見徐君喜歡，心中有意相贈。但是季札還要出使別國，寶劍不能離身，所以打算回來的時候再把寶劍贈給徐君。

不料等季札出使回來的時候，徐君已經去世了。季札心中已經有諾言，於是就把寶劍掛到徐君墳墓旁的樹上。「季札掛劍」正體現了「一言既出，駟馬難追」的優秀品德。

# 第 5 章

# 收服青牛怪

# ❧ 畫地為牢 ❧

離開通天河後，唐僧師徒走到一處雲霧重重的高山。
唐僧見山谷處有樓臺房舍，就打算去那裡化頓齋飯。
但是悟空看出那裡遊蕩著一團凶雲惡氣，絕對不能靠
近。

師父，那裡好像
有妖怪出沒，不
可靠近。

老孫自可以去安
全的地方化齋。

你走了，妖精
來了怎麼辦？

悟空決定自己去遠一些的地方化齋，又擔心自己離開後，師父會有危險，於是在臨走前用金箍棒繞著唐僧、八戒和沙僧在地上畫了一個圈，囑咐他們千萬不要走出圈外。如此，悟空才放心出去化齋。

坐在圈子裡的唐僧等了好久也不見悟空回來，不禁有些著急。八戒的肚子也餓得叫了起來，他揉著肚子勸唐僧一起去別處看看。

# 順手牽羊

唐僧聽了八戒的話，也覺得飢餓難耐，他們很快就忘了悟空的囑咐，走出了保護圈，直接奔向山谷中的宅子。

這一路我也跟師父學了不少禮數，早就不是高老莊的村夫莽漢了。

別衝撞了人。

這猴子不走近路偏繞遠，我先進去瞧瞧。

八戒恭恭敬敬地進門，卻發現宅子裡根本沒有人，一番查看之後，他嚇得摔了一個跟頭。原來他掀開一頂黃綾ㄌㄧㄥˊ帳幔後，發現裡面是一堆白骨。

媽呀！

雖然唬了八戒一跳，但他哪裡就真怕了白骨？再四處搜羅一圈，八戒發現一張彩漆桌子上面放了三件納錦背心。時下正是天氣變冷的時候，八戒就想拿去給師父和沙僧禦個寒。

這麼精緻的背心放在這裡落灰，不如穿在我老豬身上。

這趟沒白來，老豬我笑納了。

唐僧聽說宅子是座陰宅，八戒又隨便拿人家的背心，很是惱火，訓斥八戒貪小便宜，可是八戒非但不聽，還慫恿沙僧跟他一人一件，一起穿。

出家人不要貪圖這等小便宜，快送回去。

反正沒人看見。

舉頭三尺有神明，若想人不知，除非己莫為。

師父，天兒這麼冷，先穿一件暖暖後背，等師兄回來，我再把衣服送還吧。

八戒和沙僧剛把背心套上，背心就變成繩子把他倆捆
了個結實。唐僧嚇壞了，趕緊過來幫忙，可是繩子根
本解不開。

師徒三人鬧出的響動瞬間就有了回應。原來這座宅子
是妖怪變出來的，他見捉到獵物了，趕緊收了變出來
的樓臺房屋，把唐僧師徒三人全部抓進自己的妖洞。
當妖怪發現自己抓的居然是唐僧時，他簡直樂開了
花。

# 惡鬥青牛怪

八戒抖出孫悟空的大名想嚇唬妖怪，可那妖怪似乎並不害怕。那妖怪聽說過悟空神通廣大，今天竟然可以相遇了，揚言要抓住悟空一起蒸著吃。

再說悟空從很遠的地方化到齋飯回來，時間已經很晚了。他發現唐僧和師弟們連同山谷裡的樓臺都不見了，心中暗叫不好。

悟空急忙順著白龍馬的蹄印往西邊追。這裡的土地公
過來向悟空報告。原來此山叫作金兜山，山前有個金
兜洞，洞裡有個青牛怪，自稱獨角兕(ㄙˋ)大王。唐僧就
是被獨角兕大王抓走的！

前邊有個金兜山，山裡有個
金兜洞，洞裡有個獨角兕大
王！就是他把聖僧抓走的！

哼！待我前
去捉妖！

金兜山土地公

有土地公的指引，悟空很快就找到了妖怪的洞府。他
在門口高聲叫罵，嚷嚷著讓妖怪趕快把師父和師弟們
放出來，不然就讓妖怪吃不了兜著走！可這位獨角兕
大王聽了，不僅一點兒都不害怕，反而十分興奮。

來得好，正好試試這
猴子的身手是不是像
傳說中那麼厲害。

青牛怪披掛齊整，拎著一把丈二長的點鋼槍就出來了。這青牛怪還真挺厲害，跟悟空打得難解難分。忽然青牛怪把槍尖一點，自己閃到一邊，讓洞裡的小妖們擁上去和悟空纏鬥。悟空立刻把一條金箍棒化作萬千，打得小妖們抱頭鼠竄。

青牛怪毫不慌張，只見他從身上掏出來一個白亮亮的圈子往空中一拋。「呼啦」一聲，悟空的金箍棒一眨眼就被那個圈子套走了！悟空嚇了一跳，武器被繳，沒了底氣，趕緊駕起一個筋斗雲跳出戰鬥圈逃生。

啊！我的棒子！

師父和師弟們被抓，打仗又被妖怪收去了武器，悟空越想越窩囊，竟然不由自主地哭起來。不過他哭著哭著，想起青牛怪說起他大鬧天宮的事兒，像是個知情人，這說明青牛怪和天庭有些瓜葛。哭不能解決問題，悟空決定上天去找玉帝查問查問。

嗚嗚嗚，我心愛的金箍棒不見了！

悟空跟玉帝一說，玉帝心想：唐僧被妖精抓去不稀奇，猴子的金箍棒被妖怪收去可了不得，這要是天上管理不嚴，被猴子賴上，那可別想安生。玉帝趕緊派人去各處查對，但一時半會兒也沒個結果，不管怎麼說，派天兵天將去給猴子幫忙總是沒錯的。

悟空雖然覺得天兵天將也沒那麼厲害，但既然玉帝要幫忙，那就讓托塔李天王和哪吒三太子打頭陣好了。這回妖洞前布滿了天兵天將，青牛怪的新對手變成了哪吒三太子。

哪吒一身武藝，三頭六臂，法寶也多。沒想到那青牛怪也能變出三頭六臂，拿三柄長槍擋住哪吒。哪吒把自己所有的法寶都掏出來，一變十，十變百，百變千，千變萬，一股腦兒朝青牛怪打去。

青牛怪又掏出了他那萬能的白圈，只聽「呼啦」一聲，哪吒的法寶和兵器一瞬間都被套了進去。哪吒見勢不妙，抽身就跑，好漢不吃眼前虧啊。

在一旁觀戰的悟空突然有了新的想法：妖精的圈子能套有形的法寶，但水火無形，應該套不進去！想到這裡，悟空興沖沖地跑去彤華宮，請火德星君來幫忙。

老謀深算的托塔李天王成功地將青牛怪引到火德星君的埋伏地點，只見火德星君小旗一揮，一群火獸和火器噴著火舌直奔青牛怪而去。可青牛怪微微一笑，舉起手中的小白圈，漫天的大火「嗖」一聲就都沒了，剩下火德星君目瞪口呆地站在那裡，手裡舉著一桿小旗，孤零零，好可憐。

這是什麼法寶？我怎麼都沒聽見過！

以為放火我就會怕嗎？

放火不成，那就放水再試試。悟空又找來烏浩宮的水德星君幫忙。水德星君派出了黃河河伯，河伯只拿了個小水盂兒，號稱裝了整條黃河的水。

他們來到金兜山叫陣，黃河河伯把水盂兒一傾，滔天的巨浪立即滾滾而下。不料這回青牛怪並沒有把水收進他的白圈裡，而是用魔圈頂住洞門，結果滔滔河水全都改道而走，一滴水都沒有灌進洞裡去！

水火都不成，悟空急得拔出一簇毫毛，變出了三五十個小猴。小猴們一擁而上，抱腿的抱腿，纏腰的纏腰，抓眼、摳鼻、拔毛……無所不用其極，搞得老怪手忙腳亂。悟空正想趁亂結果了他，可還是沒有他掏寶貝快，就那麼一下，小猴子們都被魔圈收了個無影無蹤。

來者不拒！

一群丟失了兵器和法寶的神仙聚在一起開會，只商量出來一個辦法：得把妖怪的寶貝偷出來！悟空是做這件事兒的不二人選。

我知道，還得我出馬！

大聖，那個老怪的圈圈不除，咱們這仗沒法打啊！

# ❀ 混入金兜洞 ❀

打定主意後，悟空變成一隻小蒼蠅，順著妖洞的門縫就飛了進去。妖洞裡正在大擺筵席，青牛怪正從圈子裡把吸進去的兵器和法寶一件一件放出來。他一會兒摸摸這個，一會兒摸摸那個，興奮得不得了。

大王這可真是好寶貝啊！

一想到悟空和天上的神仙都對自己奈何不得，青牛怪特別得意，忍不住多喝了幾杯，不一會兒就睡著了。悟空飛進來一番探看，一看到自己的金箍棒，便顧不上許多，拿了就走！

找到了！完璧歸趙了。

神仙們看見悟空帶著他的金箍棒回來，紛紛向悟空討要自己的兵器和法寶。悟空有些不好意思，便向眾仙許諾，他一定會把大家的寶貝都弄回來。

到了晚上，悟空變成小蟋蟀溜進了妖洞，青牛怪正在呼呼大睡，悟空清楚地看到，魔圈就套在他的胳膊上。悟空隨即變成一隻跳蚤，趴在青牛怪身上叮咬。青牛怪被悟空咬得翻來覆去，左撓右撓，但始終沒把圈子拿下來。

看來偷不成圈子，那就把神仙們的兵器和法寶先弄回去。悟空很快找到被青牛怪收走的各種神器，連自己的那簇毫毛也還在，悟空決定乾脆再變出一群小猴子，幾個負責拿兵器和法寶，幾個騎上火德星君的神獸，把這個金兜洞四下燒上一遍。金兜洞裡片刻之間就火光沖天，亂作一團。

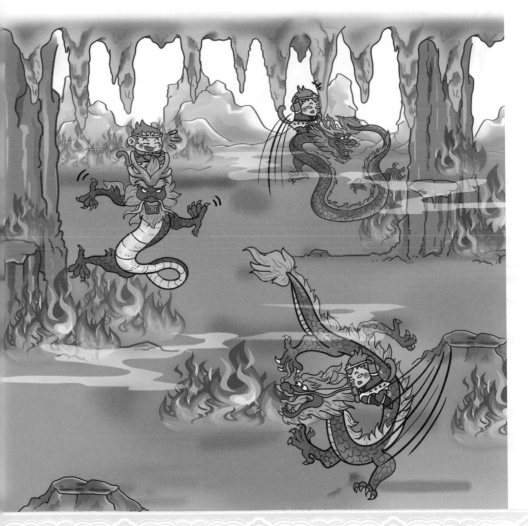

青牛怪一個好覺也沒睡成，收來的法寶都沒了不說，洞裡又四處著火，剛消停下來，就聽見悟空在門口叫罵。老怪一肚子氣無處發洩，立刻披掛上陣，出去跟悟空打作一團。

你這小賊，不把你也套進來，真是難消我心頭之火！

這時候李天王、哪吒、火德星君等一擁而上幫助悟空對付妖怪，那青牛怪早有準備，魔圈一舉，大夥兒的兵器和法寶又一次被套了過去。

這誰對付得了啊?!

現在只能到如來那裡查查這妖怪的戶口了。

# ❧ 羅漢助陣 ❧

悟空來到如來佛祖跟前，把金兜山的事兒一股腦兒地
告訴佛祖。悟空發現如來佛祖欲言又止，有些奇怪。
不過佛祖還是派出十八羅漢帶上十八粒金丹砂給悟空
助陣，降龍、伏虎二羅漢拖拖拉拉，最後才到來，悟
空還挺不樂意。

金丹砂掀起一場沙塵暴，青牛怪瞬間就被金砂埋住半截。悟空心下大喜，正想上前暴揍他，那老怪不知啥時候掏出魔圈，眨眼間，金丹砂就被吸了個乾淨。

沙塵暴我也不怕！有能耐你把霧霾放出來！

悟空十分惱火，降龍、伏虎羅漢卻在一旁說，臨走時如來佛祖囑咐他倆，如果金丹砂不成，就讓悟空去兜率宮找太上老君……悟空氣得哇哇叫，爲啥不早點兒告訴他！

早點兒告訴我，何必折騰大夥兒，還浪費這麼多金丹砂！

伏虎羅漢

降龍羅漢

大聖，金丹砂不行，佛祖讓您去找太上老君……沒事，大家出來活動一下，挺好的。

# ⁂ 太上老君出山 ⁂

悟空氣呼呼地闖進太上老君的兜率宮，童子們拉扯不住，悟空正好和太上老君撞到了一起。

你這猴子，我這沒有什麼可讓你偷的。

你這老倌兒，真是可惡，縱容妖精抓我師父！

無緣無故被悟空扣了罪名，太上老君當然不樂意，沒等他跟悟空辯論，悟空就跑進仙宮裡四處查看。走到牛欄，悟空發現看牛的童子在打瞌睡，牛欄裡空空如也！這下輪到太上老君慌神了。

青牛怎麼不見了？一定是這畜生下凡惹事了！

都怪你都怪你！

太上老君趕緊推醒童子，小童嚇得連連叩頭，原來七天前他在丹房裡拾到了一顆仙丹，稀裡糊塗吃了，睡到現在。看來那頭牛下界有七年了。太上老君又一番檢查，發現自己的寶貝金剛琢不見了，但慶幸的是芭蕉扇還在。要是兩樣都到了青牛怪的手裡，連太上老君也會奈何他不得。

七天前……

嘿嘿，正是。那金剛琢是我壓箱底的寶貝，如果他再偷了我的芭蕉扇，連我也奈何他不得了。

就是大鬧天宮那年砸俺老孫腦袋的那個？

哎喲，我的金剛琢也被偷了！

太上老君哪敢耽擱，即刻拿著芭蕉扇就跟悟空去了金
兜山。悟空在洞口叫陣的時候罵了個痛快，青牛怪氣
鼓鼓的，一邊罵著賊猴子，一邊跑出來打人。誰承想
聽到太上老君在天上高喊，青牛怪的心涼了半截，看
來做獨角兒大王的日子到頭了。

> 這個猴子，怎
> 麼找到我家主
> 人的？

> 牛兒還不回家，
> 更待何時？

芭蕉扇果然厲害，太上老君念動咒語，扇一下，就收
回了金剛琢，扇兩下，青牛怪身軟伏地，變回大青牛
的原形。太上老君把金剛琢往牛鼻子裡一穿，原來這
是個拴牛的鼻環啊。太上老君收服了青牛怪，向悟空
和諸位神仙告辭，回兜率宮去了。

剩下的事兒就好辦了，悟空和神仙們三下五除二地收拾了小妖們，收回了武器和法寶，救下了唐僧、八戒和沙僧。神仙們各回各家，誰也沒聽見悟空跟師父和師弟們碎碎念：「誰先出我畫的圈的？」

唐僧師徒離開金兜洞後，發現金兜山的土地公捧著悟空早先化來的齋飯在路邊等候。這土地公小施仙法，讓齋飯保持著新鮮和溫熱。唐僧十分感慨，後悔自己不聽悟空的話，也感念悟空的一片孝心和赤誠。

## 還有哪些類似金剛琢的法寶？

《收服青牛怪》中許多人印象最深的莫過於青牛怪從太上老君那裡偷來的金剛琢了，這圈子厲害就厲害在無論什麼兵器，包括水、火都會被它收走。其實類似這樣的法寶在我國古代另一本神魔小說《封神演義》中也有。

### 混元傘

混元傘是魔禮紅的法寶，上面綴滿了各種有法力的珍寶。晃一晃混元傘，可收取敵人的寶物和兵器。在魔家四將與姜子牙的人馬對戰的時候，混元傘還能放出火來。

### 混元金斗

混元金斗是《封神演義》中威力最大的遠古法寶之一，它有著龐大的空間系神力。它屬於趙公明的妹妹、三位仙姑中的老大雲霄仙姑，曾經擒住陸壓道人和楊戩，破了楊戩的八九玄功，還收走了金吒與木叉（吒）以及二人的法寶，十分厲害。

最後是太上老君親自出馬，降住了雲霄仙姑。

我發現一旦涉及「收」的法寶，我總是要出來走一遭……

# 頤和園銅牛

我帥嗎？

中國是古老的農業國家，耕牛在人們心中有著神聖的地位。牛是十二生肖之一，還是青銅器偏好的題材。

北京頤和園昆明湖東岸也有一頭「牛」，但是沒有人騎牠！因為牠是乾隆皇帝安排專門用於鎮水祈福用的，銅牛身上還有陽刻的乾隆皇帝題詩。

英法聯軍入侵頤和園的時候，銅牛身上的金箔被剝掉。為了防止銅牛被強盜奪走熔化，頤和園的人把銅牛沉到湖裡，才讓這珍貴的文物逃過一劫。

# 一物降一物

> 「常言道，『一物降一物』哩。你好違了旨意？」
> ——摘自《西遊記》第五十一回

　　悟空與青牛怪對決數陣而不能取勝，有些垂頭喪氣，四大天師告訴他這叫「一物降一物」。

**【釋　義】** 比喻宇宙萬物相生相剋，生生不息，有一種事物，就會有另一種事物來制服他。

**【近義詞】** 一物剋一物

　　在《西遊記》中，一物降一物的例子還真不少。比如西梁女國的蠍子精，她的天敵就是昴日星官大公雞；黃花觀的蜈蚣精，就怕毗藍婆菩薩的繡花針。所謂「一物降一物」，就是天敵相剋！

# 第 6 章

# 妙哉女兒國

# 誤飲子母水

又是一年早春時節，唐僧師徒走到一處渡口，八戒招呼船家過來擺渡。小船划到近前唐僧師徒才看到，船上沒有艄公，只有一個艄婆。唐僧師徒付了錢，老婦人很快就把他們載到對岸。

下了船，唐僧有些口渴，看河水清澈，就讓八戒給他舀了些水喝。八戒也渴了，一缽盂河水，師父喝了一小半，八戒把剩下的全喝了。

喝完水，唐僧師徒繼續西行。沒想到剛走了半個時
辰，唐僧和八戒就先後感到腹痛，眼瞅著肚子也大了
起來，裡面好像還有東西在一陣陣亂動。悟空也不知
如何是好，看見前面有個酒家，決定去要點兒熱湯，
打聽一下醫館和藥鋪怎麼走。

酒家門口坐著一個搓麻繩的老婆婆，悟空跟她說自己的師父和師弟因喝了河水肚子疼還鼓了起來，老婆婆一邊笑，一邊招呼悟空把師父和師弟叫進屋。

哈哈，有熱鬧看啦！

哈？

等唐僧師徒進了屋，老婆婆非但沒有燒熱湯，反而找來幾個婦人，一群人嘻嘻哈哈的樣子，完全就是來看熱鬧的。悟空不樂意了，老婆婆趕緊跟悟空解釋。

請你幫忙煮湯，你卻找人來看熱鬧！

熱湯沒用！他倆喝了子母河的水，這是要生娃啦！

原來這裡是西梁女國，又叫女兒國，舉國上下沒有男子。國民若想要孩子，總共分三步：第一步，喝子母河的水懷孕；第二步，三天後去照胎泉照影，影子成雙，就表示可以當母親；第三步，回家準備生產。唐僧和八戒就是喝了子母河的水，懷孕了。

我昨天喝的。

我前天喝的。

不管男女，誰喝誰懷孕！不看廣告，看療效！

一聽說自己竟然懷了孩子，唐僧和八戒大驚失色，叫苦連天。悟空覺得好玩兒，反倒和老婦人們一起哈哈大笑。

啊？徒弟，這可怎麼得了啊！

我老豬要生娃娃了，這可怎麼辦啊？

河邊怎麼不貼個警示標語啊！

哈哈哈，反正「瓜熟蒂落」，到時候，就從你胳肢窩裡生出來一窩小豬來。

# ❀ 冤家路窄 ❀

一時間，八戒嚷著要找接生婆，唐僧哼哼著要吃墮胎藥。老婆婆卻說，其實沒那麼費勁，只要有錢，到解陽山找如意真仙要來落胎泉的水，一喝就沒事兒了。

> 解陽山上有個破兒洞，洞裡有個落胎泉，喝了那個水，胎氣就解了。

> 那都沒問題！

> 不過，得有錢，而且解陽山離這兒三千里遠呢。

話說那個如意真仙是個黑心的老道，他自打來到這裡，就在落胎泉邊上蓋了一座聚仙庵，至此這泉水就成了他的，誰想喝都得給他置辦禮品財物，否則就別想喝到泉水。這女兒國的國民個性綿軟，就吃了這個虧，才讓這老道這麼囂張。

> 天下沒有免費的午餐……嗯，沒有免費的水！

落胎泉

取水記得付費

如意真仙

老婆婆見悟空信心滿滿，立刻從屋裡拿出一個大瓦缽，求悟空多討些水來，村婦們好留著需要時用。

悟空到了解陽山，果然看到一個聚仙庵，庵前坐著一個老道。悟空說明來意後，果然老道向他要錢。悟空沒錢，但他信心滿滿，認為憑著師父和自己的名號，定能在這個小仙這裡討個人情。

老道半信半疑地進去通稟，不一會兒如意真仙果然出
來了，只是手裡拿著一把如意鉤子，滿臉殺氣。他先
是確認悟空身分，接著又問悟空是否認識火雲洞的聖
嬰大王——原來這如意真仙是牛魔王的弟弟，紅孩兒
的叔叔。

你就是
孫悟空？

你知道火雲
洞的聖嬰大
王嗎？

行不更名，
坐不改姓。

悟空本以為又可以攀親，沒想到如意真仙恨悟空讓自
己的侄子從此沒了自由恨得牙根兒癢癢。悟空討水不
成，變成討打。他倆瞬間就打成一團。

我呸！我侄子本就逍
遙自在，如今失去了自
由，還不是因為你這猴
子！吃我一鉤！

不知好歹的
孽障，看棍！

這什麼家長？孩
子學好還不樂意，
非得去做妖怪！

如意真仙打不過悟空，但他就是讓悟空沒法騰出手來打水；趁悟空分心，他還用鉤子使絆兒，生生地給悟空拽了個狗啃泥。

悟空一看，一個人不成，立刻回去找來沙僧。悟空把如意真仙引到一邊，沙僧對付個把道士，事情就簡單多了。師兄弟完美合作，成功打到一桶水。

水打到了，悟空也不想傷了如意眞仙，便奪過如意鉤來，折成兩段，拿在手裡手癢又折成了四段，警告他別再勒索村民，不然有他好看！如意眞仙自知理虧，並且眞是打不過悟空，不敢再胡攪蠻纏。

喝了悟空和沙僧帶回來的落胎泉水，唐僧和八戒一陣腸鳴，上了個茅房之後，肚子不疼、不鼓了，總算恢復了常態。悟空將剩下的落胎泉水留給了老婆婆，算是對她一番照顧的感謝。

# 女王求親

在老婆婆家休息一晚，第二天唐僧師徒便進了城。這個國家果然是沒有男人，四個和尚的到來居然產生了萬人空巷的效果，女子們紛紛擁過來觀看。雖然三個徒弟長得醜惡，可是騎著白馬的唐僧實在是俊得很。

為了讓這些女子們別擋道，八戒乾脆露出自己的長嘴大耳，悟空也現出猴相，沙僧擺出一副哭喪臉，立刻唬得女子們閃出一條路來。

唐僧被徒弟們護在中間，走了好半天才走到迎陽驛館，女兒國的驛丞已經在那兒等著了。

唐僧師徒在驛館住下。那個女驛丞來到皇宮和女兒國
國王商議倒換官文的事情。聽說唐僧俊美非凡，女兒
國國王就動了心。她打定主意要把自己嫁給唐僧！

朕想仿效他國男女婚配。唐長老是大唐皇帝的御弟，朕招他為夫做國王，朕做王后，如何？

給徒弟們倒換官文，把他們打發走就行了。

臣這就去提親！

陛下英明！

唐僧風姿英俊，就是他的徒弟們相貌醜陋……

第二天一大早，女兒國的太師就來到驛館做媒，表示
爲國王向唐僧求親。

御弟爺爺大喜，我們國王願
以一國之富請您入贅做夫君。

這……

我師父身負聖旨要去取經，不
能久留！不如招贅我老豬吧。

嗯……長老雖是男身，只
是這嘴臉……

師父留下成親，就請國王快點
兒倒換官文，放徒弟們西行！

太師見悟空答應了，便歡天喜地地回宮交差去了。太
師一走，唐僧氣急敗壞地扯住悟空責備他。悟空卻不
以爲然，原來他早就看出不答應求婚，女王就不會倒
換官文，那他們師徒幾個就走不出女兒國了。

你這猴子，想
坑死爲師啊。

師父，這叫「假
親脫網」之計。
我們先把官文弄
到手，然後……

# 假親脫網計

第二天，女兒國國王擺駕迎陽驛館，親自出城來接唐僧。國王見唐僧果然英俊非凡，心裡樂開了花，讓唐僧直接坐到自己的鳳輦上來。唐僧昨天聽悟空一說，心裡有了底，當下裡雖然不情願，但還是配合著上了輦車。

女兒國國王安排了盛大的宴席。八戒沒心沒肺，只知道敞開肚皮大吃一頓。女兒國國王情意綿綿，一心惦記和唐僧成雙配對。唐僧坐立不安，只想早點兒倒換官文，逃出女兒國。

國王聽唐僧催促自己給徒弟們倒換官文，還以為是唐僧急著送走徒弟好跟她成親，立刻給文牒蓋印，還和唐僧一起歡歡喜喜地送悟空、八戒和沙僧出城。

女兒國國王萬萬沒想到，唐僧一出城就變了卦，跳下
輦車，硬要跟徒弟們西去取經。唐僧告別的話一出
口，國王的心就碎了一地。

國王還想拉住唐僧，卻被八戒攔在一旁。八戒長嘴一
拱，耳朵亂搖，嚇得國王趕緊鬆了手，跌坐在地。

就在眾人一片大亂的時候，路旁突然閃出了一個女子。沒等大家反應過來，這女子就捲起一陣妖風，把唐僧捲走，片刻間就沒了蹤影。

蠍子精

唐御弟，哪裡走！

終於輪到老娘我出場亮相了。

我就知道女兒國這關不會這麼好過。

又來了……

悟空急忙跳上雲端，只見一陣滾滾的煙塵往西北方去了。悟空、八戒和沙僧趕緊騰雲駕霧前去追趕。唐僧的徒弟們全都飛上了天。女兒國國王又羞又悲，看見唐僧師徒都是風裡去雲裡鑽，她徹底斷了念想。

我怎麼就不會飛呢？！

陛下，還是認命吧！

## 女兒國的傳說有哪些呢?

在玄奘法師口述的《大唐西域記》中曾經記載過印度西邊有個東女國,島上清一色是女人。東羅馬帝國的君主每年派男子上島與島上的婦女結合,假如生下男嬰,就拋棄於荒野。

這個國度也許就是《西遊記》中西梁女國(女兒國)的原型了。

玄奘法師在書中記載了很多自己去過的國家,也記載了自己沒去過但是有所風聞的國家。本集故事中的女兒國就是他沒去過的國家之一。

在古希臘神話中還存在過一個女性部族，叫亞馬遜人。這個部落裡都是女性戰士，不允許男性出現。族人如果想要生育，就到鄰近的男性部落約會。

女兒國是中國古典名著非常青睞的題材，先秦地理志《山海經·海外東經》也記載過一個流水受孕的女子國。清代的《鏡花緣》受《山海經》、《西遊記》的影響，也描述了一個女兒國。

與《西遊記》西梁女國不同的是，《鏡花緣》的女兒國是有男人的，只不過男女的生活方式是顛倒的：男人主內，塗脂抹粉，穿裙子，做家務；而女人主外，穿靴子，騎大馬。

# 誰說女子不如男

西梁女國從國王到臣民雖然都是女性,但她們依然把這個國家治理得井井有條。有很多優秀的女性以自身的實力詮釋了「誰說女子不如男」這句話。

呂雉在做太后期間,雖然沒有皇帝的名號,但卻也是秦始皇統一中國、實行皇帝制度之後,第一個臨朝稱制的女性,還被司馬遷列入記錄帝王政事的本紀之中。

惠帝垂拱,高后女主稱制。

呂雉

武則天是中國歷史上唯一的女皇帝,建立武周王朝,與呂后並稱「呂武」。武則天的一生轟轟烈烈,堪稱傳奇,相比之下她的丈夫唐高宗就有點兒黯淡無光。

西元 690 年，六萬人上表請求武則天登基稱帝。在此之前只有男人坐過龍椅，這是我國古代歷史上第一次也是唯一一次讓一個女人坐在了上面。

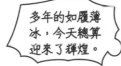
兒臣叩請母后神皇稱帝，降兒臣為皇嗣，並賜武姓。

武則天

唐睿宗李旦

明成皇后是朝鮮高宗李熙的王妃，歷史通稱閔妃。她是十九世紀末大清屬國——朝鮮的實際統治者，是一個頗有才幹的女政治家。在閔妃的威儀之下，高宗李熙毫無出彩的地方。閔妃的政策普遍對民有利，她始終堅持朝鮮獨立，巧妙利用日俄矛盾，引進俄國勢力，延緩了朝鮮被日本吞併的進程。

多年的如履薄冰，今天總算迎來了輝煌。

閔妃

韓國學者
閔妃是偉大的鐵女子。

朝鮮王妃個性頑強，目光清澈銳利，讓人不敢直視。

日本公使

# 調虎離山

> 「……我是個調虎離山計，哄你出來爭戰……」
> ——摘自《西遊記》第五十三回

孫悟空為了從解陽山落胎泉中順利取水，故意帶著師弟沙僧一同前去，自己負責引開如意真仙這個礙事的看泉人。這一計策叫作「調虎離山」，是三十六計之一。

【釋　義】設法使老虎離開原來的山岡。比喻用計使對方離開原來的地方，以便乘機行事。

【近義詞】聲東擊西

在《西遊記》中，調虎離山這個計策經常被使用。除了對付如意真仙，黃風洞的虎先鋒也把自己的皮當作誘餌引開悟空等三人，隱霧山豹子精讓三個小妖假扮自己引開悟空三人，陷空山無底洞的白鼠精也使用調虎離山的「遺鞋計」轉移悟空等人的注意。

鬧了半天，你這弼馬溫中此計最多！

……

# 第 7 章

# 酣戰毒敵山

# 蠍子精搶婚

再說悟空等人一路追到一處高山上的洞府，洞門上寫著「毒敵山琵琶洞」，看來這裡就是那妖精的老巢。悟空讓八戒和沙僧守住洞口，自己變成一隻蜜蜂飛了進去。

悟空進來一看，發現花亭子上坐著個女妖怪，兩個女童端著熱騰騰的麵食給她。幾個彩衣秀服的侍女攙著面黃唇白的唐僧出來，把悟空嚇了一跳。

兄弟莫忙，待俺老孫先去探個虛實。

看我不砸爛這妖怪的老窩。

毒敵山琵琶洞

給我送一些人肉餡包子和豆沙素包子吧。

師父難道是中毒了？

那女妖怪絮絮叨叨、黏黏糊糊地扯著唐僧說話，勸說唐僧和她在這琵琶洞裡過日子。

悟空怕師父被這個女妖怪迷惑，立即變出原形，舉棒
就打。那女妖怪也很厲害，絲毫不露怯，先是噴出一
股煙火罩住了唐僧和亭子，手中又不知從哪兒變出一
柄三股鋼叉，跟悟空打了起來。

哪來的野猴子，跑進洞偷窺我的容貌？

我呸，誰愛看你，瞎了我的猴眼！

吃老娘一叉！

吃俺老孫一棒！

兩人一路打到洞口，八戒見妖精出來了，也舉著耙子
上前幫忙。女妖怪和悟空、八戒打成一團，突然轉身
使了個「倒馬毒樁」，狠刺了悟空頭皮一下。

猴頭靠後，俺
老豬來也！

媽呀！痛
死我啦！

不知進退的潑猴子，
雷音寺裡的如來還怕
我呢！接招！

這一下，把悟空刺得頭疼難忍，竟然敗下陣來；八戒見悟空敗陣，也轉身就走。女妖怪得意地收了鋼叉，大勝而歸。

悟空這千錘百煉的腦袋，除了師父念《緊箍咒》，還沒這麼疼過。八戒和沙僧也束手無策，這一晚師兄弟三人只能先找了個避風的地方歇下，等第二天再去救師父。

第二天，悟空的頭疼好多了，他囑咐沙僧看好行李，又和八戒一起去琵琶洞救師父。到了洞口，悟空又變成蜜蜂前去探聽情況，只見洞裡的大小妖精都還在熟睡，師父卻不見了蹤影。

哼，一群懶妖精。

不過，悟空很快就找到了被綁在角落裡的師父。原來唐僧昨天抵死不從，惹怒了妖怪，妖怪乾脆把他捆在一旁受罪。唐僧聽見悟空的聲音，立刻來了精神，沒想到一聲「救了我，好去取經」吵醒了妖怪。

好夫妻不做，取什麼經？

師父昨晚好事如何？

哪有什麼好事？你快點兒，救了我，好去取經！

悟空趕緊飛出妖洞，將師父的情況告訴八戒。八戒舉起釘耙把妖洞的門砸了個稀巴爛，妖怪立刻飛了出來，她又噴出煙火，舉著鋼叉跟他們倆鬥在了一塊。

# ༄ 悟空搬救兵 ༄

可是交戰沒一會兒，女妖故技重施，又狠狠扎了一下
八戒的嘴，豬嘴立刻又痛又腫。八戒轉身就跑，悟空
吃過虧，更是無心戀戰，虛晃一棒也跟著八戒跑了。
女妖再次大勝而歸。

就在兄弟三人犯難的時候，路邊突然走過來一個手裡
提著竹籃、頭上飄著祥雲的老婆婆。悟空立刻認出，
這是觀音菩薩點化他們來了。

觀音菩薩見自己被認出來了，就踏著祥雲在半空現出真身。她告訴悟空等人，那妖怪是隻蠍子精，鋼叉是兩隻鉗腳，尾巴上的一個鉤子叫「倒馬毒」。佛祖在雷音寺講經時，還真被她扎過一下，難怪她這麼囂張。目前，能制伏她的，只有光明宮的昴日星官。

鉗腳鋼叉

倒馬毒

這蠍子精曾在雷音寺聽佛談經，如來佛祖有心度她，沒想到她用鉤子在如來左手中指上扎了一下。為了躲避金剛緝拿，蠍子精跑來這琵琶洞為妖。

悟空駕著筋斗雲就飛上了天庭。一聽說是要幫助齊天
大聖收服妖精，昴日星官毫不猶豫地答應了。

八戒一看到昴日星官就上前去求解藥。說來也神奇，
昴日星官摸摸八戒的嘴，又吹了一口仙氣，八戒的嘴
巴立刻腫消痛止，完好如初。星官也如法解了悟空頭
頂的餘毒。這下兩位精神振奮，信心滿滿地與星官一
起去收拾蠍子精。

救兵來了，悟空、八戒放心大膽地在妖洞前叫陣。豬八戒一頓釘耙就把琵琶洞外堆著的石頭扒開，二門也被砸了個粉碎。

奶奶，昨天那兩個醜男人又把二門打破啦！

居然還敢來！拿披掛來！

蠍子精看見悟空和八戒，還想用她的「倒馬毒樁」。但為時已晚，蠍子精只聽到耳邊響起一陣公雞的啼鳴，立刻渾身癱軟，現出原形──果然是一隻琵琶般大的蠍子。再看昴日星官，他立在山頭，不知何時變成了一隻神采奕奕、五彩斑斕的大公雞。

這就叫「一物降一物」啊。

饒命啊！

大公雞又叫了一聲，那大蠍子就魂飛魄散，死在坡前。八戒不解氣，一頓釘耙，把蠍子精打成了肉泥。

我要報仇！

悟空、八戒和沙僧鄭重地向昴日星官表達了謝意，星官變回人形，收斂金光，駕雲而去。

愛幫忙的公雞有蟲吃！

有勞，有勞！改日赴天宮拜謝。

妖洞裡沒有幾個妖精，多是被抓來伺候蠍子精的平民百姓。悟空把她們放走，又救出唐僧，然後放了一場大火，把妖洞燒得一乾二淨。

# 百門通不如一門精
## ——蠍子精的看家本領

《西遊記》的讀者非常喜歡幫妖怪們做武力值排行榜，除去攜帶法寶這種身外之物的，能登上頭幾把交椅的往往都是身懷絕技的妖怪。比如毒敵山琵琶洞的蠍子精是個連如來佛祖都吃過她大虧的厲害角色，其實她之所以如此剽悍，是因為她的看家本領——「倒馬毒樁」無人能及。

俗話說「百門通不如一門精」，蠍子精顯然是深諳此道的。她是個沒有什麼背景的草根妖怪，不像有些妖怪是什麼神仙的坐騎。作為沒有靠山、白手起家的妖怪，要想闖出一片天，那她就得有降得住人的絕活。

《西遊記》中有不少厲害妖怪都和蠍子精一樣練就了一招壓敵的本事，比如火雲洞紅孩兒的絕活是噴吐三昧真火，金鼻白毛老鼠精擅長用繡花鞋當替身等。連孫悟空都幾次吃了這些絕活的虧。

# 蠍子精的洞府為什麼叫「琵琶洞」?

西梁女國的蠍子精之所以把自己的洞府叫作「琵琶洞」，恐怕和琵琶這種樂器的形狀有關。蠍子的身體形狀與琵琶十分相似，再加上琵琶這種樂器來自西域，並非中原特有，自然帶有一種神秘色彩。

我們長得確實有點相似……

西梁女國地處大唐的西域地帶，飛天是西域文化的代表，而最知名的飛天形象就是反彈琵琶。中國的央視版《西遊記》中，蠍子精也被賦予了琵琶樂師的身分。所以蠍子精的洞府叫「琵琶洞」也絲毫不奇怪了。

在中國古典文學中，琵琶頻頻被當成妖怪的原型。比如《封神演義》中的玉石琵琶精，她是九尾狐和九頭雉精的義妹，一直被視為妖邪一類，恐怕還是因為琵琶長得非常像「五毒」之一的蠍子吧。

# 昂日雞

唐僧師徒在女兒國遭遇的妖怪蠍子精，是整部《西遊記》中最厲害的妖怪之一。蠍子精的「倒馬毒樁」螫了孫悟空的頭、豬八戒的嘴和如來佛祖的中指。

老娘
天下第一！

你剛才
說什麼？

啊！

但是就是這樣一個把如來佛祖都不放在眼裡的女妖，卻被昂日星官（即二十八星宿的昂日雞）除掉了。昂日星官的本相就是大公雞。

雞是十二生肖之一，諧音為吉，名字很吉祥。同時牠能夠報曉、生蛋，肉質鮮美，深受吃貨喜愛。中國古代把雞奉為「五德之禽」，而蠍子正是五毒之一。因此大公雞與蠍子確實是天生的對頭。人們喜歡雞，常常在過年時張貼雞的年畫和剪紙。雞還是中國吉祥圖案中歷史最悠久的題材之一。

我是人見人怕的「五毒」之一蠍子，這些是我的毒親戚們。

五毒俱全

蜈蚣　　蛇　　壁虎　　蟾蜍

每年穀雨之後，我們「五毒」就開始出沒。人們害怕我們，就在端午節吃五毒餅驅邪。

老字號點心就是好吃！

而且人們喜歡把我們「五毒」繡在小肚兜上，專門給兒童驅邪。

# 強中更有強中手

蠍子精在《西遊記》中算得上最厲害的幾個妖怪之一，而她顯然也有些驕傲自滿，在悟空面前吹噓連如來佛祖都怕她呢。但是蠍子精忘記了一點，就是山外有山，強中更有強中手。

【釋　義】技藝永無止境，不能驕傲自大。

【近義詞】一山更比一山高

中國民間有個叫《張石匠拜師》的故事。傳說張石匠手藝了得，因此經常自吹自擂。結果一個路過的小夥子聽不下去，責備了他幾句，張石匠就要和小夥子比試石匠手藝。

敢跟我比試刻碑洗字嗎？

比就比，誰怕誰？

不料兩人刻好石碑後，張石匠發現小夥子的刻字個個如龍飛鳳舞，就連飛白轉筆的地方也洗得乾淨俐落。張石匠覺得遇到了對手，就要求各自雕刻一件石料比試。等第二天看結果的時候，張石匠的作品是整塊石頭雕刻的、沒有接口的石鏈，小夥子的則更勝一籌，是用一整塊石頭雕刻出來的一個精美的算盤，上面的珠子活動自如。

我輸啦，嗚嗚嗚。

張石匠自愧不如，跪下就要磕頭拜師。小夥子急忙上前一把攔住，說：「張師傅，我不是要在你面前露一手，我只想說明，藝無止境！」張石匠不得不承認強中更有強中手，並為自己之前說大話感到慚愧。

# 第 8 章

# 真假美猴王

# 又遇劫匪

打死了蠍子精，一路無事，繼續西行。這一天，八戒
肚子餓，就催著白龍馬快點兒走，可是白龍馬只是慢
吞吞地溜達，根本不聽他的。而悟空只是對白龍馬揮
了揮金箍棒，牠就撒著歡地一路狂奔，不一會兒就跑
沒了影。

白龍馬終於剎住蹄子，慢了下來。路上卻突然竄出一夥強盜要打劫。唐僧不吃眼前虧，忙對強盜們說，後面有個小徒弟身上有銀錢。強盜們果然信了。

強盜們把唐僧吊在樹上，八戒以為師父上了樹，悟空卻發現師父是被強盜綁到樹上的。悟空果然知道師父的心意，搖身一變，變成一個年輕的小和尚，跑到師父面前賣乖。

強盜們看見「小和尚」來了，立刻圍了上來。悟空見狀，動了玩心，騙強盜們說只要放了師父，就把身上的金子銀子全都交給強盜們。強盜們樂壞了，立即放了唐僧。

今天運氣不錯搶了個有錢人

草寇收費

馬蹄金20錠

粉面銀30錠

我有馬蹄金20錠，粉面銀30錠。不過一手交錢一手交貨，你們要放了我師父。

唐僧被放下來，立即騎馬就走，剩下強盜們和悟空。悟空先是說要跟強盜們瓜分金銀，強盜們也同意了，可是悟空又說自己一文錢沒有，要分也是分強盜們的，強盜們才發現「小和尚」在耍弄他們。

我老孫的口袋比臉還乾淨呢，你們的錢該分我些才對。

小禿驢，你活膩味了！

悟空嘿嘿一笑，掏出金箍棒往地上一放，金箍棒立即
變長變粗。兩個強盜上前搶奪金箍棒，沒想到他們就
跟蜻蜓想撼動石柱一般，
金箍棒根本紋絲不動。

這鐵棒兩頭裹著
金，分量不輕，估
計能賣不少錢。

關公面前還要大刀！這棍
子比你們的強多了，要是
你們能拿得動，就送你們。

強盜們急了眼，對著悟空一頓猛揍，悟空也不躲閃，
等他們打了五六十下，悟空才笑嘻嘻地說：「也該輪
到俺老孫還你們一下！」悟空一棒揮下去，一個強盜
就沒了魂，另一個不服，又被悟空掃了一棍，黃泉路
上兩人同行。其他強盜立刻哭爹喊娘抱頭鼠竄。這時
八戒跑來，高聲喊著：「猴哥，師父叫你手下留情。」

猴哥，師父叫
你別打殺人，
棍下留情。

錢沒有，棍
子有一條！

錢沒搶到，
命沒了！

見沒攔住悟空，悟空還是打死了兩個強盜，八戒立卽回頭向唐僧報告。

唐僧聽說悟空又打死了人，趕緊騎馬回到原處查看。只見兩個強盜死在山坡下，唐僧忍不住絮絮叨叨地責備悟空。

唐僧讓八戒把兩個強盜就地掩埋，自己撮<sub></sub>土焚香給他們念經超度。唐僧禱<sub></sub>祝的時候，還念叨讓強盜的亡魂不要找自己、八戒和沙僧的麻煩，只去找悟空。

悟空聽唐僧這一番禱告，也來了脾氣，他拿起金箍棒在強盜的墳上搗了三下，也禱告了一番。唐僧聽完氣不打一處來。原來悟空禱告的大意是：我天不怕地不怕，你們愛上哪兒告上哪兒告。

# ☙ 打殺強盜 ❧

當天晚上，他們在一戶姓楊的老漢家借宿。無巧不成書，這楊老漢的兒子正是白天搶劫唐僧的強盜之一，只是這時還沒回家。

唐僧師徒用過齋飯後各自睡了。四更時分，那夥強盜回來了，一進門就喊餓。楊老漢的兒子也在其中，他去家裡後院搬柴時，發現白龍馬就栓在院子裡。

壞小子立即把唐僧師徒借宿的消息告訴其他強盜。他們立刻磨刀擦槍，想夜裡幹掉師徒四個，搶奪行李馬匹，給他們死去的兩個夥伴報仇。楊老漢知道以後，趕緊去給唐僧報信。

聽到消息，唐僧師徒連夜離開了楊老漢家。那些強盜吃飽飯、磨好刀後，卻發現和尚們居然跑了。這些作死的強盜竟然一路追趕了過去，一直追到太陽都出來了，還真讓他們追上了。

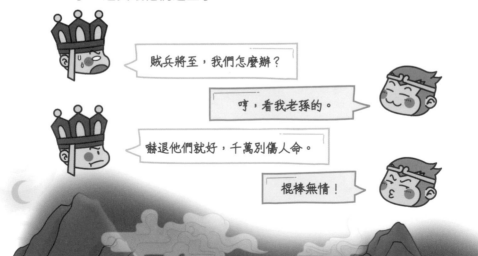

悟空攔住強盜後一頓亂棒，把這夥強盜打得筋斷骨折，非死即傷，場面十分慘烈。

這下唐僧不幹了，直接念起了《緊箍咒》。悟空疼得翻跟頭，跪地求饒，唐僧也不理會，堅持要把這猴子掃地出門。

悟空騰在雲上一時間不知該往哪兒去。回老家，怕兒孫和山精野怪們笑他取經半途而廢；回天庭，那也不是個長久之地；找海島眾仙或是龍王收留，那就是伏低做小，有損自己的威名。悟空想來想去，解鈴還須繫鈴人——找觀音菩薩！

動不動就趕人……

一見到觀音菩薩，悟空就委屈得哇哇大哭，蹬腿、撒嬌耍賴皮，嚇得菩薩趕緊安慰他。悟空說了自己打殺強盜的前因後果，嚷著要菩薩念個《鬆箍咒》還他自由，不去取經，也不受唐僧的氣。

我不管，你給我念個《鬆箍咒》，我不去取經了！

哪來的《鬆箍咒》？

那我就去如來那裡鬧。

悟空乖，別鬧……

# ✿六耳打唐僧✿

西行小分隊這邊，唐僧趕走悟空後，師徒一行人又走了半天，這會兒覺得又餓又渴，唐僧便吩咐八戒去化頓齋飯來。這活兒以前都是悟空去幹，八戒雖不推脫，但行動上是真沒有悟空俐落。

> 猴子腿快，一會兒就能化到齋飯，現在他走了，連累我老豬幹這苦差事。

不出所料，八戒走了大半天也沒有回來。唐僧等得口乾舌燥，就讓沙僧去催催八戒。沙僧一走，就剩下唐僧一人和白龍馬留在原地。

> 又來補刀。

> 如果大師兄在的話，這會兒咱們都吃完飯上路了。

突然，「悟空」端著一杯清水出現在唐僧面前。他手捧清水，一副賣乖的樣子，唐僧心中有氣，不但拒絕，又劈頭罵了「悟空」一頓。

「悟空」突然翻了臉，掄起金箍棒就往唐僧背上敲了一下。可憐唐僧肉身凡胎，哪裡禁得住這棒子，當場昏倒在地。「悟空」拿起行李，駕上筋斗雲就跑了。

沙僧好不容易找到了化齋回來的八戒。兩人帶著水和齋飯回到唐僧身邊，卻發現師父昏倒在路邊，白龍馬上躥下跳，師父的小包袱也不見了蹤影。

咱們把馬賣了換口棺材，把師父埋了吧。

各回各家，各找各媳婦！

我可不想一輩子當馬！

等等，我還沒死呢！

唐僧很快就在八戒和沙僧的呼喚下醒了過來，他喝了幾口水之後，才能言語。唐僧告訴兩個徒弟，自己被悟空打暈，還被他搶走了小包袱。八戒氣得要去花果山找悟空算帳，唐僧覺得八戒平時就被悟空壓制，去了也是白去，還是沙僧去比較好，能把小包袱要回來就行。

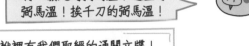

猴子手黑，打暈我，還搶走我的小包袱！

啊，該死的弼馬溫！遭瘟的弼馬溫！挨千刀的弼馬溫！

小包袱裡有我們取經的通關文牒！

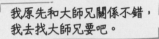

我原先和大師兄關係不錯，我去找大師兄要吧。

別打架！要回小包袱就行！嗚嗚……

# 花果山辨真假

沙僧到了花果山，發現山中無數猴子亂叫亂嚷，「悟空」坐在高臺之上，正拿著唐僧行李中的通關文牒高聲朗讀呢。沙僧覺得不妥，但想到「悟空」也受了委屈，就好言勸「悟空」跟他回去；如果實在不想回去，就把小包袱還給師父，也兩清。可是「悟空」非但不還，還說自己已經重新組團要去取經。

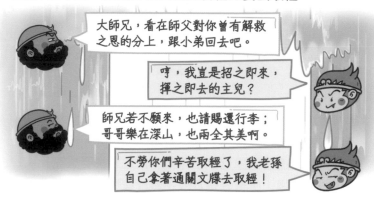

大師兄，看在師父對你曾有解救之恩的分上，跟小弟回去吧。

哼，我豈是招之即來，揮之即去的主兒？

師兄若不願來，也請賜還行李；哥哥樂在深山，也兩全其美啊。

不勞你們辛苦取經了，我老孫自己拿著通關文牒去取經！

說話間，悟空拍拍手，水簾洞裡竟走出了一路取經的人馬，和唐僧師徒一模一樣，連行李和白龍馬都如出一轍。

沙僧看到那裡站著一個假沙僧，立刻生氣了，寶杖一揮，就把假沙僧打死，定睛一看，原來是個猴精。這下「悟空」也不幹了，兩人立刻打成一團。

你是什麼人，怎麼和我長得一樣？！吃我一杖！

好哇！竟敢傷我兒孫！看棒！

花果山

水簾洞立刻大亂。看到「悟空」翻臉不認人，沙僧也不再幻想能把「悟空」請回去了。他自知不是對手，氣急敗壞地逃出花果山，去南海觀音菩薩那裡告狀去了。

沙僧到了南海後，沒想到悟空居然站在觀音的身旁賣乖。沙僧餘怒未消，抄起寶杖要打悟空，口裡還不住地亂罵。悟空卻一副莫名其妙的神情。觀音菩薩立即出面喝止。

沙僧把「悟空」做的壞事都講了出來，誰知觀音菩薩和
悟空都是一副渾然不知的樣子。事已至此，觀音菩薩
讓悟空跟著沙僧回花果山看看是怎麼回事。

不多時，悟空和沙僧到了花果山。果然看到個齊天大
聖坐在寶座上，與群猴飲酒作樂。悟空見自己的仙洞
居然被冒牌貨給占了，不由得暴跳如雷。

兩個悟空很快就扭打在一起，他們出的招式竟然都一樣！真假猴王一直打到了九霄雲外。沙僧和小猴們看得眼花繚亂，分不清哪個是真悟空，哪個是假悟空。

打死你這假大聖！

打死你這假大聖！

喂喂喂，他們哪一個是真的？

先來的那個吧。

現在呢？

現在⋯⋯你問我，我問誰啊？

真悟空有心，一路打鬥引假悟空到了觀音菩薩面前，希望菩薩能分辨出真假。觀音菩薩讓龍女和善財童子一邊拉住一隻猴子，暗地裡念起了《緊箍咒》，誰知兩個悟空都抱著頭喊疼。

這個是真的！

疼死我了！菩薩莫念！

這個是真的！

疼死我了！菩薩莫念！

# 真假猴王

念《緊箍咒》沒用，菩薩又讓他們去天庭讓眾神仙辨認真假。兩個孫悟空拉拉扯扯，一路打上南天門，要求見玉帝。眾神見來了兩隻瘋猴子，誰也分不出哪個是真悟空，哪個是假悟空，趕快閃出一條道來，讓他們上玉帝跟前辨個分明。

當著玉帝的面，兩個悟空把前情訴說一遍，讓玉帝一定要辨個真假。托塔李天王帶來照妖鏡一照，沒想到鏡子裡也是一對兒別無二致的齊天大聖。

觀音菩薩不行，神仙不行，玉帝也不行，只好回去找唐僧。真假悟空又一路打到唐僧的跟前，唐僧跟菩薩一樣也只會念《緊箍咒》這一招，可是兩個猴子一樣地疼，一樣地翻滾，一樣地喊「莫念」。真悟空見師父也辨不出真假，又把假悟空引到地府，找閻王等去分辨。

兩個悟空來到森羅殿，嚷著要閻王拿出生死簿，一定要把假悟空揪出來。閻王戰戰兢兢地說，當年悟空大鬧地府的時候把所有的猴子都勾掉了，根本查不出來。

真假悟空正要離開，地藏王菩薩卻叫住他倆。原來地藏王菩薩有個叫諦聽的神獸，可以辨別世間萬物。這諦聽趴在地上只一會兒就有了結果，但牠只跟地藏王菩薩隱晦地說明了情況。

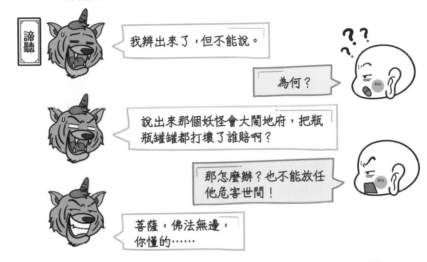

諦聽：我辨出來了，但不能說。

為何？

說出來那個妖怪會大鬧地府，把瓶瓶罐罐都打壞了誰賠啊？

那怎麼辦？也不能放任他危害世間！

菩薩，佛法無邊，你懂的……

地藏王菩薩立刻心領神會，回頭告訴兩個猴頭，他倆的官司非得去大雷音寺找如來佛祖才能斷得清。真假悟空立刻離開地府，直奔西天。

找如來，能者多勞！

地藏王菩薩

懂了，我們去西天找如來！

真假美猴王來到了西天大雷音寺，他們吵吵鬧鬧、吆ㄒㄜ天喝ㄏㄜ地，連八大金剛都攔不住他們。兩個悟空一直打到如來佛祖面前，請如來分個清楚。

# 佛祖去偽存真

佛祖對假悟空的底細十分清楚，他揭穿了假悟空——
六耳獼猴的真面目。

特點：本領大

特點：命很長

特點：神通廣

特點：善模仿

六耳獼猴發現自己身分已被識破，立刻就要往外跑。
如來一聲令下，早有四菩薩、八金剛把他團團圍住。

六耳獼猴見狀不好，趕緊變成一隻蜜蜂想溜走，不料
卻被如來扔過來的金缽盂扣住。

再揭開缽盂時，六耳獼猴露出了原形。悟空劈頭一棒
把這個怪物打死，從此六耳獼猴這種妖猴就絕種了。

雖然六耳獼猴死了，但悟空還是覺得不解氣，只嚷著讓如來去了他的緊箍兒。既然唐僧不要他，他寧願回花果山當大王去。如來趕緊安撫悟空，還派觀音菩薩親自送悟空回唐僧那裡。悟空這才善罷甘休。

你這猴子又調皮了，我讓觀音送你回去，不怕唐僧不收。

我不要這個緊箍兒，也不想當和尚了！

得了如來的旨意，觀音菩薩立刻駕雲把悟空送回唐僧的身邊，並向唐僧講述了事情經過。師徒二人經過這天上地下、精神皮肉的一頓折騰，都覺得彼此不容易，於是和好如初。唐僧師徒整束了行囊，再次踏上西行的漫漫征途。

不要一言不合就鬧散伙，取經路上少不得他。

你不在身邊，師父也很想你……

師父，我想你！

西遊小百科

## 古典名著中的「真假人物」

　　《西遊記》中的「真假美猴王」的故事家喻戶曉，其實類似劇情在中國古典文學作品中屢見不鮮，光《西遊記》中就出現多次。比如烏雞國的兩個假唐僧、天竺國的兩個假公主……等等。

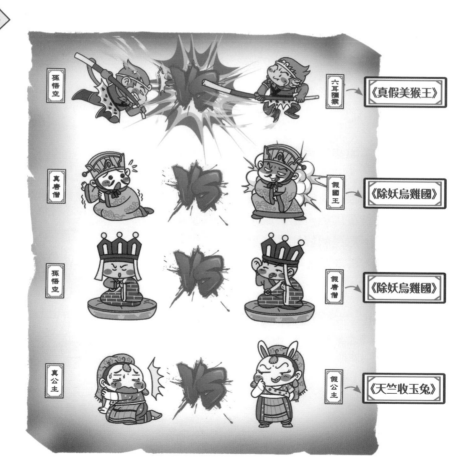

## 《水滸傳》裡的兩位「李逵」

　　《水滸傳》同為「四大名著」之一，書中「真假李逵」的故事令人捧腹。這個假李逵真名「李鬼」，他拿著兩個板斧假冒李逵的大名攔路打劫，不料被打劫的正是李逵本人。

西遊小成語

# 去偽存真

六耳獼猴在如來佛祖面前現了原形後，孫悟空立刻把他打死，這就是「去偽存真」。為什麼一定要「去偽」呢？那是因為如果這個冒牌貨留在世間，會誤導人們，甚至會對真身造成危害。

【釋　義】除掉虛假的，留下真實的。

【反義詞】魚龍混雜

歷史上假貨沒能「去偽」造成巨大損失的著名事件就有法國項鍊事件。

兩個女騙子假冒王后並偽造王后的筆跡，與主教玩起了「筆友」的遊戲。主教真的以為自己和王后有書信來往，就為「王后」做了擔保，以她的名義賒購一條昂貴的項鍊。女騙子拿到項鍊後逃之夭夭，珠寶商找真正的王后請求付帳的時候，東窗事發。

令人大跌眼鏡的是，假王后沒受懲處就被釋放，真王后反而成了眾矢之的。

此事件甚至成了法國大革命的導火線。